Tiara Label

ティアラ文庫

執愛の騎士は孤高の百合を甘く手折る

蘇我空木

プランタン出版

Contents

※本作品の内容はすべてフィクションです。

第一章　選ばれなかった姫

そろそろ夕陽が山脈の向こう側へと沈もうとしている。ラナはオレンジ色に染まった王宮の廊下を足早に進んでいた。

「お姉様っ！」

後ろから掛けられた鈴を転がすような声に足を止める。振り返った拍子に一つに編んだ髪がふわりと揺れた。

こちらに向かってくるその背では、金色に輝く髪が軽やかに弾んでいる。今日の王女はどこに出かける予定だっただろうか。あぁ、そうだ。リドロフ侯爵家のお茶会に招待されていたはず。

分厚い書類の束を持っているので簡易礼になってしまうのは見逃してもらおう。声の主が目の前にやってくるのを見計らい、軽く膝を曲げつつ頭《こうべ》を垂れた。

「お帰りなさいませ、プリシラ殿下。お茶会はいかがでしたか」

「とっても楽しかった！　これからイリーナは結婚の準備で忙しくなるでしょう？　最後にゆっくり話ができて嬉しかったわ」

スカラファリア王国の王女、プリシラはフリルがたっぷりとあしらわれたミモザ色のドレスを揺らしながら嬉しそうに答える。

新緑を連想させる瞳を輝かせ、愛らしい顔が笑みで彩られるとそれだけで周囲の雰囲気が明るくなる。「スカラファリアの薔薇」と称される王女が声を弾ませて語る姿に、ラナは眼鏡の奥で目を細め、唇にほんのりと笑みの気配を乗せた。

「それはようございましたね」

「お姉様も来られればよかったのに。残念だわ」

「申し訳ございません。少々時間を取るのが難しい時期なものですから」

たしかに件の侯爵令嬢は幼い頃からの知り合いである。だが、ラナの置かれた立場を考えると、今更顔を合わせても気まずいだけだろう。しかし事情を知らない王女にわざわざ伝える話ではない。

プリシラが多忙を理由に社交を避ける従姉のラナに対して、常々不満に思っていることは知っている。一方で宰相補という重要な役目を負っていることも理解しているだけに、あまり強引には誘えない。

それでも毎回なにか言わないと気が済まないらしいが、そんな頑固な部分も彼女であればチャームポイントになるのだろう。ラナがもう一度「申し訳ございません」と告げると、膨れ面からようやくいつもの笑顔に戻ってくれた。

「そうだわ！　お茶会の焼き菓子がとても美味しかったからお土産に包んでもらったの。だから後で……」

「プリシラ様」

はしゃぐ王女を低く、静かな声が遮る。

本来、王族の会話に口を挟むなど言語道断だが「彼」に限っては例外だ。プリシラは斜め後ろに立つ、まるで影のように控える銀髪の青年へと振り返った。

「なぁに、ヴォルト」

「お喋りはここまでにしましょう。宰相補殿が大事な会議に遅れてしまいます」

「あら、そうだったの!?　引き留めてしまってごめんなさいっ！」

プリシラはそれを聞くなり慌てて謝ってきた。王女という立場でありながら、素直に非を認められる謙虚さを持ち合わせている。それが彼女の魅力なのだろうと思いつつ、ラナは「お気になさらないでください」と穏やかな笑顔と共に返した。

「殿下とお話ししていたのでしたらどなたでも許してくださいますから」

国王が一人娘であるプリシラをとても大事にしているのは誰もが知っている。そんな彼女に捕まっていたのであれば、きっと仕方がないと見逃してくれるだろう。

「焼き菓子は後でお姉様の部屋に届けさせるわね」

「お手数をおかけします。キーショア様もご配慮くださりありがとうございました」

「……いえ」

プリシラ専属の騎士、ヴォルト・キーショアは軽く目を伏せたまま答える。ラナは再び簡易礼を取ってから踵《きびす》を返し、会議場へと続く廊下を急いだ。

いつの間にか書類を持つ手に力が籠っていたらしい。足を進める速度が緩まないように気を付けながら細く静かに息を吐き出し、身体から力みを逃《のが》す。鼓動が僅かに奔《はし》っているのは早歩きをしているせいだと思うことにした。

プリシラを諌めた時、ヴォルトとほんの一瞬だけ目が合った……気がした。あの深い紫色をした瞳は対峙する度に意識を吸い込まれそうになる。そうなってしまうのはただ美しいからだけでなく、ラナが彼に対して複雑な感情を抱いているからだろう。

しかし、そんな日々がもうすぐ終わりを迎える。

ヴォルトのお陰で開始時刻の少し前に目的の場所に到着できた。ラナは歩みを緩めながら静かに深呼吸をした。

静かに開かれた扉の先はほとんどの席が埋まっていた。視線を足元に向け、できるだけ目立たないよう奥へと向かっていく。

「おや、随分ゆっくりとしたお出ましですな、エルメリック殿」

「申し訳ございません。以後気を付けます」

老大臣の一人が嫌味たっぷりに声を掛けてきた。宰相補ごときが大臣である自分より遅く到着するとは生意気だ、と言いたいのだろう。

時間には間に合っているので文句を言われる筋合いはないものの、彼に難癖をつけられるのは今に始まったことではない。ラナは素直に謝罪の言葉を口にした。

「さすが、あの恥知らずな女の血を引いているだけありますな」

「まぁまぁ、皆さん。まだお姫様気分が抜けきっていないご様子ですから、大目に見て差し上げませんと……ね？」

伝統と格式を重んじる保守派の面々が聞こえよがしに囁き合っている。

そもそも「お姫様」だったのはもう十年も前の話。この手の嫌味をすっかり聞き慣れてしまったラナは、さざ波のように拡がっていく嘲笑に一切反応することなく宰相の隣に着席した。

たしかにラナの父親は現王の兄であったことから、かつては王族に名を連ねていた。

しかしその父が重い病を理由に王太子の座を降りて王位継承権を放棄し、王籍から抜けたのだ。

それが原因で他国から輿《こし》入れしてきた母とは離縁。八年前には父も亡くなり、一人娘であるラナがエルメリック公爵位を継いだ。

しばらく待つと国王の入室が高らかに宣言される。一同が立ち上がり深々と頭を垂れる中、スカラファリア王国を統べるオルセー国王陛下が歩みを進めていった。

「早速だが、ラモルテ皇国からの視察団について最終確認をはじめてくれ」

皆に着席を促し、簡単な挨拶を済ませると国王がおもむろに切り出した。会議場の視線が宰相であるエルピス伯爵へと集中する。ラナの隣に座る彼は一つ、大きな咳ばらいをしてから立ち上がった。

ラモルテ皇国は内海を挟んだ大陸にある大国で、そこから視察団がやってくる日がいよいよ二週間後に迫っている。

上質な香水の生産地として有名なスカラファリアは去年、新たに香油入りの石鹸を開発した。それを交易品に追加するかどうか、生産現場を視察した上で判断させてほしいという依頼があったのだ。

周辺諸国に絶大な影響力のあるラモルテ皇国へ輸出ができれば、大幅な販路の拡大が見込める。滅多にないチャンスだけに歓待の準備は入念に進められていた。

淀みのない口調で議事を進める宰相へ、ラナは必要な書類を差し出したり小声で補足を入れたりしている。粛々と補佐役に徹するその姿は、生まれた時から王宮で暮らす「お姫様」だったとはとても想像できなかった。

「視察団の代表ですが、アレクシス皇太子殿下に決定したと正式に連絡がありました」

宰相の報告にメモを取っていたラナの手がぴくりと揺れる。しかしそれはごく小さな動きだったので気付いた者は誰もいなかった。

残りの議事も滞りなく進み、予定していた時刻よりも早めに終了した。国王が退場すると会議場は再びざわめきに満ちていく。そんな中、宰相補であるラナ・エルメリックは素早く書類をまとめると宰相と共に席を立った。

二人にとっては移動の時間も無駄にはできない。廊下を歩きながらの打ち合わせは王宮ではすっかり見慣れた光景になっており、すれ違う人も話し掛けてくることなく無言で頭を下げるに留めていた。

「念のための確認だが、ドレスの準備はちゃんと進めているかね？」

「……はい。本日の夕方、仮縫いが終わったものを試着する予定です」

宰相はたまたま思い出したかのように訊ねてきたが、おそらくタイミングを見計らっていたのだろう。心配させていることを申し訳なく思いながらラナは素直に答えた。

普段は宰相補という立場に相応《ふさわ》しく、ローブの下はブラウスにロングスカートというシンプルな恰好をしている。ドレスなんてここ数年はまったく袖を通していなかったのだが、皇国からの視察団を歓迎する夜会には立場上参加しなくてはならないのだ。

それに――。

沈みそうになった気分を誤魔化すため、ラナは無理やり笑顔を作った。

「あの、お手数ですがまたダンスの練習にお付き合いいただけますか？」

宰相は亡父とも親交があり、ラナにとって数少ない信頼のおける人物である。いよいよ足腰にガタがきはじめたと零していたのに申し訳ないが、せめて失礼にならないレベルにはしておかなければ。

「もちろんだとも。後でスケジュールを調整しよう」

「ありがとうございます」

それでは、と宰相とは廊下の途中で別れる。ラナは自分の執務室へ向かいながらこれからのスケジュールを頭の中で立て直しはじめた。予定より早く戻れたので今のうちに急ぎの書類を確認してしまおう。そうすれば教会へと送る書状の清書を今日中に済ませられるはず。

「おかえりなさいませ」

「ただいま。頼んでいた報告書が完成していたら見せてもらえるかしら」

「はい、今お持ちします」

「あぁ、それから騎士団へ警備体制の変更を依頼してほしいの」

宰相補の身分を示すローブを脱ぎつつ部下へ次々と指示を出す。皆が慌ただしく動きはじめるのを眺めながら、自らも書類の山へと手を伸ばす。そうやって没頭しているうちにすっかり時間が経つのを忘れてしまっていた。

「エルメリック様、あの……お客様がお見えです」

文官の遠慮がちな声にはっと顔を上げる。もうそんな時間!? 慌てて時計を見ると仕立屋と約束した時間には三十分ほど早いではないか。時間を勘違いしていたのかと焦ったが、どうやらそうではなかったらしい。

「王女殿下からのお届け物だそうです」

「通してちょうだい」

仕事が捗っていたところを中断されたのは少々残念だが、プリシラからの使いを無下にはできない。いつもの侍女が来たのだろうと思いきや、聞こえてきた「失礼します」の声に小さく肩を揺らした。

「プリシラ様よりこちらをお預かりいたしました」

「まぁ……わざわざありがとうございます」

どうして王女の騎士が来たのかまるでわからない。驚きを微笑みという仮面の裏に押し込め、ラナは椅子から立ち上がると差し出された籠を受け取った。ヴォルトは相変わらず籠に視線を落とし、こちらを見ようともしない。

もしかして、プリシラの話を遮った罰として差し向けられたのだろうか。本来であればお茶でも振る舞うべきだが、嫌々やって来たであろう彼を引き留めるのは可哀想だ。

ラナはすぐに主のところへ戻してあげようと、籠を手にしたまま扉の方へと向かった。

「王女殿下には後ほどお礼状をお送りいたしますわ」

「……伝えておきます」

立ち上がろうとする文官を制し、ラナは自らドアノブへと手をかける。そのまま押し開こうとした寸前、低い問いかけが耳に届いた。

「ラモルテ皇国から来る視察団の窓口をなさるとお聞きしました」

「はい。ですが、わたくしは宰相様のお手伝いをする程度になるかと」

ヴォルトの方から話を振ってくるなんて珍しい。しかも、つい先ほど正式に決まったばかりのことだというのに、どうして知っているのだろう。

会議の件といい、彼の情報収集能力には度々驚かされる。宰相補という立場上、その役目を担うのは致し方ないのだが、見上げた先にある美麗な顔に険しさが乗った気がした。

「……代表者は皇太子だそうですね」

「ええ、粗相の無いよう精一杯努めさせていただきます」

今日の彼はいつもと様子が違う気がする。どんな意図で問われたのかがわからず無難な答えを返したつもりだったが、相変わらず硬い表情をしている。

もしかして「あの件」まで知っている？　いや、これは国王と宰相が密かに話し合い、二人から直接ラナに伝えられたので話が漏れるとは考えにくい。

それに、彼が知っていたとしても機嫌を損ねる理由にはならない。大方、ラナが重要な取引先の前で失敗するのではないかとでも懸念しているのだろう。

淡い笑みを貼りつけたまま小さく首を傾げると、ようやく視線がこちらへ向けられたが、顎のあたりを見つめてくるだけ。決して視線が重なることはなかった。

「どうぞ、ご無理はなさらないでください」

「お気遣い感謝いたします」

ヴォルトは心にもない台詞を残すと、開いた扉の隙間からするりと廊下へと抜け出していった。

ラナは遠ざかっていく背をしばし眺めていたが、なんとか視線を引き剝がす。執務室へと戻り、逸る心臓を宥めながら机に籠を置いた。

掛けられていた布を持ち上げるとバターと砂糖の入り混じった匂いがふわりと立ち昇る。黄金色の焼き菓子はとても美味しそうで、ラナはようやく自分が昼食を摂っていないことを思い出した。

「フィリニ、お茶を用意してもらえるかしら？」

「かしこまりました」

「お菓子は四種類ね。わたくしには一つずつで、残りは皆で分けてもらって」

フィリニはラナ専属の侍女になって三年が経っている。きっと言わなくてもそうしてくれただろう。しかし、いつからか忘れず伝えるようになってしまった。それは宰相補という仕事柄、齟齬を避けたいという気持ちがそうさせているのだが、口にする度に申し訳なくなる。

そんな葛藤を知ってか知らずか、フィリニは安心させるように微笑んでくれた。

王女から菓子を贈られる時、ラナは必ず全種類を口にすると決めている。そして、それぞれの感想をお礼の手紙に認《したた》めていた。

プリシラとラナの仲は決して悪くない。従姉妹という間柄ではあるが、そこは王族と一貴族の当主。何度も「お姉様」ではなく名前を呼び捨てにするよう頼んでいるものの、王女は頑なにそれを拒んでいる。そのせいで未だに王籍に未練があるのではと邪推する者も少なくなかった。

だが真実、ラナにはなんの未練も残っていない。

すべては仕方のなかったこと。どんなにラナが頑張ろうとも父の病は治らなかっただろうし、王妃になることを条件に嫁いできた母をこの国に引き留められなかった。

だから、王位継承権を失い――ヴォルトとの婚約内定を破棄されたこともまた、仕方がないのだ。

プリシラ王女の専属護衛騎士、ヴォルト・キーショアはキーショア辺境伯の次男として生を受けた。

先王、つまりラナの祖父が国王だった時分、国土拡大を目論《もくろ》んだ隣国シェリダンの猛攻撃を三度に亘って退けた。辺境伯として当然の働きだと言う者もいたが、祖父は功績を称えると共にキーショア家と王族の縁組を確約したのだ。

だが、直系である二人の王子は既に結婚しており、傍系には条件が合う者がいない。そこで褒賞は次代へと繰り越された。

キーショア家で後継となる長男が誕生した翌年、王太子と妃の間に娘が生まれた。そして更に二年後に辺境伯家では男児が生まれ、彼が王家へ婿入りすることが内定した。

スカラファァリア王国で継承権は男女平等に与えられる。つまり、当時の王太子の娘であったラナ姫はいずれ女王になる存在として、物心がついた頃から厳しい教育を受けていた。

ラナが初めてヴォルトと顔を合わせたのは八歳の時。二歳年下である未来の結婚相手はまだ自分より背が低く、幼い顔立ちをしていた。それでも精一杯練習してきたであろう振る舞いがとても健気で可愛らしい。早くも淑女としての振る舞いを叩き込まれていたラナは、天真爛漫な笑みを浮かべるヴォルトをすっかり気に入ってしまった。

国を統べるには少々控えめな性格の姫と、物怖じしない辺境伯の次男。バランスも取れているし、なによりお互い憎からず想っているのが見て取れる。

国王と辺境伯の盟約は無事に果たされる見通しが立った。国の明るい未来を誰もが信じて疑わなかった――あの日までは。

王太子が病を理由に王位継承権を放棄した。

それに伴って第二王子が立太子して継承権第一位となり、辺境伯との盟約を果たす相手がラナからプリシラへと移ったのだ。

幼い頃の、しかも政略結婚だったものの、一度は将来を思い描いた相手。過去の話とはいえ気まずさが残るのはラナだけではないらしい。

だが、それも近いうちに消えるだろう。

王女は半年後に十六歳になる。成人すると同時にヴォルトと正式に婚約し、一年後に結婚することが王家とキーショア家によって決められていた。

すでに二人の関係は公認になっているとはいえ、今はまだ口約束と変わらない。だが婚約式さえ執り行えば、盟約が果たされたのとほぼ同義。

ラナはずっとその日が訪れるのを待ち続けていた。

幼い頃の無邪気さは無くなったが、歳下の次期女王を補佐するにはあの落ち着きが必要だろう。ラナが相手だった時分のそれとは違うものの、プリシラとヴォルトはお互いを信頼し合っている。きっといい国を作ってくれるだろう。

それを補佐するのが自分に課せられた使命だと信じてここまでやって来た。

だが、ラナの存在を快く思わぬ者も少なくない。特に国教の敬虔な信者である保守派の面々は、王妃になれないとわかった途端、一方的に離縁を宣言して帰国したラナの母親を

「恥知らず」だと激しく非難した。その禍根は未だに根深く、その娘までもが軽蔑の対象になっている。

国王は表立っての行動は避けていたが、姪の置かれた立場をずっと不憫に思っていたらしい。スカラファリアにいては嫌な評判がずっと付きまとうだろうと、国外への輿入れを密かに打診してくれていた。

ラモルテ皇国はその中でも最有力候補。皇太子の来訪は視察が主な目的ではあるもののラナとの顔合わせも兼ねている、と伝えられたのはつい先週のことだった。

突然の、しかも想像だにしていなかった提案を受けた当初は大いに戸惑った。だが、考える時間を貰うまでもなく、すぐさま「お受けいたします」と返したのには当然ながら理由があった。

ラナは今年で二十歳、既に結婚できる年齢になっている。縁談がまとまればすぐさま婚約が発表され、用意が整い次第、皇国へ嫁ぐことになるはずだ。少なくとも半年はかかるかもしれないけれど、きっと王女と騎士の婚姻よりは早いはず。

つまり、ラナは盛大に執り行われるであろう彼らの結婚式をこの目で見なくて済むのだ。

その頃の自分がどんな気持ちでいるかはわからない。だがきっと、物理的な距離は心の傷を少しくらいは軽くしてくれるに違いない。

皇国からはこの大陸で主に使われている複数の言語を巧みに操り、宰相補として豊富な知識と社交マナーを身に付けているラナを皇太子妃に迎えることに前向きだと伝えられた。

残る懸念事項は皇太子との相性だけだが、彼もまた自分の結婚は国益を得るためだと理解しているはず。私情を挟むような真似はしないだろう。

ようやくこれで、想いを手放せる。

いつにない緊張を覚えながらも、ラナは来るべき日を静かに待っていた。

◇◆◇

「エルメリック宰相補様、国王陛下がお呼びでございます」

「わかりました。すぐに向かいます」

宰相補の執務室に緊張が走る。文官達の心配そうな眼差しを受けながら、ラナは机に広げていた書類を手早くまとめた。

国王の侍従は先に戻るのかと思いきや用意が整うまで待つと告げられる。そこまで喫緊《きっきん》の用件とはなんだろうか。ローブを羽織りながら最近の有力貴族達や周辺諸国の動きを思い浮かべ、あれこれ想像してみたが懸念材料となるようなものは見つからない。

唯一思い当たる節があるといえば、ラモルテ皇国の視察団が一週間ほど滞在を延ばした件だろうか。だがあれは取引条件を具体的に詰める為だと国王へ報告し、了承してもらっていたはず。

そういえば大まかな用件すら告げず、国王から呼び出されるのは初めてではないだろうか。廊下を進むごとに不安が募っていく。それでも平静を装い、謁見の間に入ると静かにその時を待った。

ちりん、と澄んだベルの音が鳴り響き、宰相が国王の到着を報せる。ラナは深く腰を落として頭を下げた。

「国王陛下に拝謁いたします」

「面を上げよ。ラナ、どうか楽にしてくれ」

「はい。ありがとうございます」

淑女の礼から元の体勢に戻り、軽く顎を上げて玉座へと視線を向ける。国王がいつもと変わらず豪華な装飾が施された椅子へ座り、向かって左側に王妃が寄り添うように立っていた。

そして、右側には王女プリシラと——ラモルテ皇国の視察団代表、アレクシス皇太子が並んでいる。

これは一体どういう状況なのだろう。

王族と国賓が一堂に会する場にラナが呼び出された。しかも、王女と皇太子の距離がやけに近いのは決して気のせいではないはず。

「急に呼び出して悪かったね」

「いいえ。お気になさらないでください」

きっとラナの困惑が伝わっているのだろう、国王はすっと視線を斜め下に逸らし、一度咳払いをするとおもむろに口を開いた。

「まず、お前を王籍へ復帰させる予定だ」

告げられた意味を理解した瞬間、心臓がどくりと嫌な音を立てる。だが、ここで動揺してはいけない。静かに深呼吸をしてから発言の赦しを請うた。

「理由を、お聞かせ願えますでしょうか」

そう返されるのは想定していたはず。国王は自分の左側にちらりと目を遣った。

「我が娘、プリシラがラモルテ皇国へと嫁ぐことになったからだ」

国王の宣言に呼応したかのようにアレクシスがプリシラの肩を引き寄せる。王女もまたそれに抗わず、皇太子へと身を預けた。

頬をほんのり染めたプリシラを見下ろすアレクシスの眼差しは甘く、二人が想い合っているのが見て取れる。夜会や晩餐会といった大勢の場だけではなく、小規模な茶会などでも顔を合わせていたが、いつの間にここまで親密になったのだろう。

アレクシスはラモルテ皇国の皇位継承者。国の格を考えるとプリシラが嫁ぐのは仕方がない。

だから直系であるラナを王族に戻し、王位を継がせようと考えるのが妥当かつ手っ取り早い。ラナが国王の立場なら同じように考えるだろう。

だが、そうなった場合――。

「ラナ・エルメリック。お前には王位継承者としてヴォルト・キーショアとの婚姻を命じる」

不意に近くの空気が揺れた。右斜め後ろに人の気配を感じるが、そこにいるのが誰なのかはすぐにわかる。

彼は今、どんな顔をしているのだろう。振り返って確かめる勇気は出てこなかった。

「王女は半年後に輿入れする。それまでに王籍への復帰とキーショア卿との婚約、王位継承者になることを発表する予定だ」

「……半年で、殿下はラモルテ皇国に嫁がれるのでしょうか？」

アレクシスとプリシラの結婚は、どちらの国にとっても重要な出来事のはず。どうしてそこまで急ぐ必要があるのだろう。ラナの疑問に初めて国王が表情を変えた。

「少々……急がねば、その、ならぬ事情があってだな……」

国王にしては珍しく歯切れが悪い。王妃までもが表情を曇らせているが、反対側に立つ二人の表情にはあまり変化が見られなかった。

「王女は私の子を宿している可能性があります。ですから、結婚はできるだけ早い方がいいでしょう」

嬉しそうな口調で告げられたアレクシスの言葉に、ラナは大きく目を見開いたまま動きを止める。

つまり、王女であるプリシラが婚約していない間柄の男性と関係を持った……？

大勢の侍女や騎士が傍についていていながら、どうしてそんな事が起こったのか。

衝撃や疑問が頭の中で渦を巻き、徐々に息が苦しくなってくる。ふっと意識が遠のき、後ろへ倒れそうになったのを咄嗟に一歩下がって堪えた。

体勢と思考を立て直すのに精一杯で、背中に伸ばされかけた手の存在に気付く余裕などなかった。

「プリシラ殿下とアレクシス皇太子殿下の婚姻は非常に喜ばしいことと思います。……ですが、これまで王籍に復帰した者はおりません。大臣や貴族達から反対の声が出るのは避けられないでしょう」

「前例が無いのであれば作るだけだ。他に王位を継げる者がいないのは、お前が一番よく知っているではないか」

痛い所を突かれ、ラナはぐっと言葉を詰まらせた。

国王が指摘した通り、傍系でラナと同世代の者達は身体が弱かったり他国へ嫁いだり、

はたまた放浪癖があったりと王位を継承させるに能《あた》うとは言い難い。

　だからといって、このまま素直に受け入れるわけにはいかない。大きく息を吸い、お腹の前で重ねた両手にぐっと力を籠めた。

「それでしたら、王女殿下のお子が成人するまでの間、わたくしが摂政を務めるというのはいかがでしょうか」

「お姉様、どうして……？」

　アレクシス皇太子の腕の中でプリシラが困惑している。王宮で一連の出来事は禁忌として扱われている。きっと王女はラナの置かれている立場がどれほど複雑なものか、完全には理解していないのだろう。

「わたくしは、玉座に就くに相応しい人間ではありません」

「そんなことないわっ！　お姉様は外国語も堪能だし、とても頭がいいもの。きっと素晴らしい女王になるはずよ!!」

　無邪気な主張に咄嗟に出かけた言葉を喉奥に押し戻し、ラナは沈黙を貫く。

　違う、違うのだ。王に必要なのは語学力や知識ではない。国の頂点に君臨し、民を導く何かしらの力を備えていなくてはならない。

　先王であるラナの祖父は圧倒的なカリスマ性を持つ人物だった。そして突然王太子となった現王は民の声に耳を傾ける賢王として知られている。

次期女王となる予定だったプリシラは愛らしい顔立ちと優しい心、そして皆から愛される魅力を持っている。そんな彼女の代わりなど、「恥知らずな女」の血を引き、地味な容姿の宰相補が務められるはずがない。

「陛下、わたくしが王位を継げば反発を招くのは必至でございます。どうか摂政の件をご検討ください」

　アレクシスとプリシラの間に生まれる子はラモルテ皇国の跡継ぎでもあるから交渉が必要になるだろう。少々突飛ではあるが、ほんの少しでも可能性があるのであれば、ラナの提案が最も余計な波風を立てない安全かつ確実な道だと国王も理解しているはず。

「しかし、キーショア辺境伯との盟約はどう考えている」

「十分な補償の上、次代に果たせば問題ないかと」

　ラナの知る限り、キーショア伯爵家の長男には二人の男児と一人の女児がいる。だからプリシラの産む子が男女どちらでも問題はないはず。

　本来なら今代で果たすべきだった約束を先延ばしにするのだから、辺境伯へはそれなりの補償をしなくてはならない。伯爵から侯爵へ陞爵《しょうしゃく》し、かつ補償金を支払うくらいが妥当だろう。

「キーショア様がお望みでしたら、引き続き殿下の騎士としてラモルテ皇国へ同行していただく。スカラファリアに残られるのであれば、当代限りの爵位を授けてはいかがでしょうか」

結婚はできずとも、ずっと大事に守ってきた王女の傍にいられた方が彼も幸せだろう。少なくとも目すら合わせたくない相手と夫婦になるよりはましなはず。

誰もが正しい判断だと納得してくれると思いきや、玉座の間にはなぜか戸惑い交じりの重い空気が漂っていた。

「陛下。突然の話で宰相補も混乱しております。今日はこれくらいにいたしましょう」

宰相の言葉に国王は軽く頷きラナを見据えた。その眼差しから憐憫の気配を感じて思わず奥歯をぎゅっと嚙みしめる。

「ラナ、これはお前にとって悪くない提案だと思っている。よく考えてくれ」

「……お心遣い、感謝いたします」

ラモルテ皇国の皇太子、アレクシスは大国の皇族でありながら気さくな人物だった。同い年なだけあって話も合い、情報交換の名目で設けられた顔合わせの場は終始和やかな雰囲気だったと記憶している。

だから愛するのは難しくても、仲間としてうまくやっていける。結婚が決まった暁には為政者としての彼を支える覚悟を決めようと思っていた。

だが、それは盛大な勘違いだったらしい。

ラナの身を案じ、国王はわざわざ見合いを整えてくれたというのに、アレクシス皇太子が選んだのはプリシラだった。

期待に応えられなかっただけでなく、王位継承権を持つ大事な一人娘を嫁に出す羽目になったのだ。役立たずと罵られてもおかしくはないというのに、同情までされてしまうとは。

結局私は——誰にも選ばれない。

情けなくて、申し訳なくて、居たたまれない気持ちでいっぱいになる。

退室の許可を得るとラナは一礼するなり足早に扉へと向かった。

「宰相補殿」

玉座の間を出ると後ろから低い声が追ってくる。

忘れてはいけない。今回の件で最も大きな被害を受け、深く傷ついたのは他ならぬ「彼」なのだ。

ヴォルトは必ずラナを家名ではなく役職で呼ぶ。決して目を合わせようとせず、名前すら口にするのを避けてしまうほどの相手との結婚など、いくら盟約とはいえ苦痛でしかないだろう。

「この度は誠に申し訳ありません。わたくしが至らなかったせいで多大なるご迷惑をおかけいたしました」

とてもじゃないが顔を見る余裕など無い。ラナが振り返るや否や深く頭を垂れると、少し離れた場所に艶やかなブーツの爪先があった。

「先程も申し上げました通り、キーショア様ご自身、そして伯爵家へは謝罪と十分な補償をいたします。もしお望みのものがありましたら遠慮なくお申し付けください」

ヴォルトからは何も返ってこない。それをいいことにラナは「失礼いたします」と告げて逃げるように廊下を進んだ。

金銭的な補償が必要になった場合、国庫からではなく当代限りになるであろうエルメリック家の資産から拠出しよう。

とにかくラナが女王となり、ヴォルトと結婚する道だけはなんとしてでも回避しなくてはならない。

その為の手段を必死で考えながら執務室へと続く廊下を歩いた。

第二章　囚われる

――冷たい雫が頬を叩く。

容赦なく降り注ぐ雨の中、ラナは木々の間を必死に走っていた。

この森に入った時は頭上にある太陽が明るく照らしていたはず。なのに、奥へと進むにつれて段々と暗くなり、遂に姿を消したと思った瞬間に雨が降り出した。

「ヴォルト……も、だ……め。い、息が……」

「もう少し、だっ。あの岩の、向こう……って、雨宿り、できっ……る」

ミントグリーンのドレスには所々に泥が跳ね、水を吸って重くなっている。泥濘《ぬかる》んだ道でただでさえ足元が覚束ないというのに、錘《おもり》と化した服が更に歩みを阻んでいた。今にもへたり込みそうなラナの手を引く少年もまた、荒い呼吸を繰り返している。

今が何時なのか、そしてここはどのあたりで、目的地までどれくらいかかるのか。

半ば強引に連れ出されたラナには何ひとつわからない。それでも言われるがまま、ただひたすらに足を進めた。

「あった！　あそこだっ!!」

ヴォルトが弾んだ声で今にも朽ち果てそうな大木を指差した。なるほど、根元にはぽっかりと穴が開いている。洞《うろ》は子供二人でも少々手狭なもののなんとか潜り込み、互いに寄りかかりながら息が整うのを待った。

「雨、早く止まないかな」

「……そうね」

重く垂れこめた雨雲の色が段々と濃くなってきているから、もしかすると日暮れが近いのかもしれない。このまま雨が止まなければここで一夜を過ごすことになるだろう。

そう思い至った瞬間、ラナはふるりと身を震わせた。なにせこれまでベッド以外の場所で眠ったことがない。その上、ずぶ濡れのドレスが肌に貼り付いて気持ちが悪いだけでなく、徐々に身体が冷たくなってきた。

「ラナ、お菓子でも食べよう」

「ありがとう……」

ヴォルトは茶会の席で出された菓子をくすねてきたらしい。だが、ナプキンに包んで上着のポケットに仕舞っていたせいでクッキーは粉々になっており、とても食べられる状態ではなかった。

辛うじて無事だった砂糖菓子を口に含むと優しい甘さが広がっていく。温かな紅茶が欲しいけれど、当然ながらこんな森の奥で出てくるはずがない。

「城下町まで、あとどれくらいあるの？」

「んー……多分、歩きだとだいたい一時間くらいじゃないかな」

そんな、最初は森を抜けるのに一時間は掛からないと言っていたじゃない……！

ヴォルトを問い詰めそうになったが、ここで責めたところでなんの解決にもならないだろう。ラナは抗議の言葉を喉奥でぐっと押し留め、一向に止む気配のない雨空を見上げた。

「ここって、獣が出たりしないの？」

ふと湧き上がった疑問にヴォルトがびくりと身体を揺らす。急に落ち着きを失った様子を目の当たりにして、ラナの中で急激に不安感が膨れはじめた。

ヴォルトが王宮のほど近くにある森に詳しかった理由。それは王都に住む彼の祖父と狩りを楽しむ為だったはず。

身を守る道具など用意はしていない。仮に持っていたとしてもラナは扱い方を知らないのでまったく意味がないのだが。

「ねぇ、ヴォルト。これ以上は危ないわ。戻りましょうよ」

いよいよ空が暗くなってきた。日が暮れたら身動きが取れなくなる。だから引き返すなら今しかない。ラナは俯いたまま動かないヴォルトの肩にそっと手を乗せた。

「きっと、皆が心配し……」

ぱんっという音と共に手に衝撃が走る。振り払われたのだと理解した時には、隣にいたはずの少年が狭い穴の中から抜け出していた。

「ラナはそれでいいのかよっ⁉」

ヴォルトは振り返ると仁王立ちになり、激しい雨音にも負けじと叫んだ。こちらを睨みつける瞳には怒りの炎が燃え盛っている。

「よくないわ……でも、仕方がないじゃない」

もちろんラナだって、ヴォルトとの婚約内定を解消されると聞かされた時はショックのあまり言葉を失った。だが、辺境伯の次男との結婚はラナがいずれ王位に就く身だったからこそ約束されていたもの。父の廃嫡が決まった以上は諦めなければならないと乳母に諭され、頷くより他はなかった。

「このまま戻ったら、俺達は二度と会えなくなるんだぞっ‼」

「それは、そうだけど……」

会えなくなることはないだろうが、きっと次に顔を合わせる時は二人の関係に付けられた名前が変わっているだろう。項垂《うなだ》れると前髪からぽたりと一つ、冷たい雫が手に落ちた。

「だから、お祖父様のところに行ってお願いしようって決めたんだろ！」

ラナはお茶会の前に、ヴォルトと私的に会うのはこれが最後だと伝えられていた。婚約内定の破棄が決まった以上、本来であればこういった場を設けるべきではなかったのだが、仲の良かった二人がちゃんと区切りを付けられるようにと特別に用意してもらった。

そしてヴォルトから庭園を散歩しようと誘われ、二人は護衛の目を盗んで王宮を抜け出すと郊外にあるキーショア家の別邸を目指したのだ。

「やっぱり無理よ……どうせ叱られておしまいだわ」

「ラナ……」

庭園を歩きながら小声で作戦を伝えられ、舞い上がったラナは後先考えずにヴォルトの提案に乗ってしまった。だが、身体と頭が冷えた今、どれだけ無謀な計画だったのかを思い知らされている。

「今ならまだ間に合うわ。すぐに戻って謝れば、罰も軽いもので済むはず」

ざぁ、と音を立てて雨足が一気に強まった。ヴォルトは容赦なく叩きつけられる雫を気にする様子もなく、大きく目を見開いて立ち尽くしている。

「な、んで……俺、は…………」

「え？」

雨音でなんと言っているのか聞き取れない。ヴォルトは黙ったまま、みるみるうちに顔を歪めた。

「ヴォルト？」

「ラナはいつも、そうやってすぐに諦めるよな」

「……ごめんなさい」

「謝ってほしいんじゃない！」

返す言葉を失ったラナはただ目の前にいる少年を見つめていた。血の気の失せた頬を絶え間なく流れているのは、果たして空から落ちてきている水だけだろうか。

「もう、いい……」

「ヴォルト、お願い。こっちに戻って……」

「ラナなんて、大っ嫌いだ!!」

叫びにも似た声が洞の中にこだまする。

硬直したラナと目を合わせることなく、ヴォルトは身を翻して森の奥深くへと駆け出していった。

＊＊＊＊＊

視界に広がっているのは、見慣れた執務室の壁。

深い藍色がラナの混乱をゆっくりと、そして着実に鎮めてくれた。

「…………はぁ」

鼓動がまだ落ち着かない。額に浮かんだ汗を拭うと、デスクの端に置かれたティーカップを手に取る。中身の紅茶はすっかり冷めているが、今はこれくらいが丁度いい。

勤務終了時間ぴったりに文官達を帰して一人で執務室に残るのはいつものことだというのに、まさか居眠りするとは思わなかった。ラナは一度目をきつく閉じてからぱっと開き、気を取り直すと手にしたままの書類に意識を集中させた。

「あの日」の夢をみてしまったのは、きっと一週間前に起こった出来事のせいだろう。

プリシラがアレクシス皇太子と密かに逢瀬を繰り返していた件は王宮のあちこちで噂され、輿入れの話は早くも公然の秘密と化していた。

そうすると当然ながら王位継承権が誰に移るのか、様々な憶測が飛び交うようになってしまうのも無理はない。その中にはラナの王籍復帰を予想している者もいるらしく、廊下を歩く度に好奇の目に晒される日々を送っていた。

提案した摂政の件はアレクシス皇太子一行がラモルテ皇国に戻り、あちらで話し合いが持たれている。ラナとしては一刻も早く回答が欲しいところだが、未だになんの連絡も来ていなかった。

実は王宮を抜け出したあの日、ヴォルトに置き去りにされてからどうなったのかをはっきりと憶えていない。しばらくの間は消えていった方向を見つめていたかもしれないが、後は膝を抱えてひたすら助けを待っていただけのような気がする。

記憶に曖昧な部分があるのは、無事に救出されたものの風邪をこじらせ、一週間ほど高熱にうなされたせいだろう。

そして、ラナがベッドから起き上がれるようになった頃には全てが様変わりしていた。

離縁を宣言していた母親の姿は王宮から消え、父親の身分が王太子から大公へと変わっていた。そして、ラナもまた次期女王からエルメリック公爵令嬢へと変わり、ヴォルト・キーショアの結婚相手には従妹のプリシラが据えられていた。

しかも当のヴォルトはまだ王族だったラナを連れ出した咎《とが》で実家に戻され、ラナ自身も醜聞を避けるという理由で、修道院へ送られることが決定したと告げられた。

ラナを取り巻く世界が一変して十年。

厳しい教育に耐えられたのはいずれ女王となり、ヴォルトと結婚できると信じていたから。突然すべてを奪われ、「恥知らずな女の娘」と修道女に蔑まれる日々に最初の頃は泣いてばかりいた。

だが、どんなに涙を流したところで状況は変わらない。失ったものがラナの手に戻ってくる日はやってこないのだと悟った。それからというもの、せめて母の罪を償おうと白い目で見られながらも必死で勉学に励んだ。

十四歳で文官の試験を受けて王宮勤めとなり、二年前に宰相補へ抜擢されてからはスカラファリア発展のために必死で働いてきた。

そしてラモルテ行きの話を受け、静かに皆の前から去るつもりでいたのに。

「どうしたらいいの……」

途方に暮れた呟きに答える者はいなかった。

◇◆◇

謁見から一ヶ月後、スカラファリア王国の王女とラモルテ皇国の皇太子の婚姻が正式に発表された。

近隣諸国からも続々と祝いの書状が届けられ、国内でもラモルテと強固な繋がりを得られることに大きな盛り上がりを見せている。

ただ、中には唯一の王女を国外へ嫁がせるのはいかがなものかと不満を持つ者もおり、国王が誰を後継者として指名するのかという点に大きな関心が寄せられていた。

「――それでは、持参品はこちらのリストを基に手配いたします」

「ええ、お願いね」

「承知いたしました」

王妃マデリンとの打ち合わせを無事に終え、ラナはテーブルに広げていた書類を手早くまとめた。一秒たりとも無駄にはできないと言わんばかり、早くも同行した文官に次々と指示を出す姿を王女とよく似た緑色の瞳がじっと見つめている。

「ラナ、ちょっと」

「はい殿下、お呼びでしょうか」

「貴女、ちゃんと休めているのかしら?」

あまりにもストレートな質問に一瞬言葉に詰まった。眼鏡の奥で目が泳ぎそうになるのを寸前で堪え、咄嗟に唇へと淡い笑みを乗せる。

「問題はございません。ご心配いただき感謝いたします」

「そう、ならいいのだけど……」

マデリンはまだなにか言いたそうにしている。気遣わしげな眼差しの理由には心当たりがあった。普段から忙しくしている宰相補に、他国へ急に嫁ぐことになった娘の婚礼準備を任せているのを申し訳なく思っているのだろう。

だが、これはラナが望んで引き受けた仕事なのだから罪悪感を抱く必要はない。これ以上の長居はよくないだろうと王妃の部屋から素早く退散した。

廊下を進みながら、ラナは髪を直すふりをしてこめかみを指先で押さえる。少しは頭痛が和らぐかもしれないと試したものの、残念ながら期待するような効果は得られなかった。部屋に戻ったら薬を飲まなくては。

仕事を理由に自分の健康管理を疎かにする癖は宰相からよく注意を受けているが、今の状況では仕方がないと黙認してくれている。なにせプリシラの輿入れは国を挙げての慶事、手落ちがあってはいけないのだ。

「エルメリック様、こちらの件ですが……」

「ラモルテから急ぎの書状が届いております」

「先ほど仕立屋から連絡がありまして、プリシラ殿下の採寸を……」

執務室に戻るなり待ち構えていた者達が口々に相談や報告を上げてくる。椅子に座る時間ももどかしく緊急の件に次々と指示を出し、部屋を出る時に空にしておいた箱に再び溜まった書類の束を取り上げた。

緊急度の高い仕事を片付けたタイミングで文官達を帰し、ようやくラナがひと息つけたのはそれから更に三時間後だった。

椅子の背もたれに体重を預けると、目の奥からじわじわと痛みが湧き上がってくる。仕事に集中している時だけは全てを忘れられる。仕事さえしていれば、遥か昔に手放したはずのものが戻ってくるという戸惑いから逃れられた。但し、絶え間ない頭痛と倦怠感という代償を払わねばならないのだが。

ようやくラナはグラスに水を注ぎ、抽斗の奥から取り出した痛み止めを飲んだ。薬瓶の中身はここ一週間ほどで急激に数を減らしている。そろそろフィリニへ補充を頼まなければばと思いつつ、余計な心配を掛けてしまいそうで躊躇《ためら》っていた。

どう言い訳しようかを考え始めると、芋づる式に次々と懸案事項が浮かび上がってくる。それと同時に痛みが酷くなってくるのを感じ、ラナはよろめきながら応接スペースへと移動した。

少し休めば薬が効いてくるだろう。眼鏡をテーブルの端に置いてから髪紐を取り、緩い三つ編みにしていた髪を雑な手付きで解いた。ブラウスのボタンを上から二つ外して首元を緩めながらソファーに深く身を沈める。努めて無心になり目を閉じていると、あまり間を置かず意識が急激に沈んでいった。

「ん………」

ちょっと休憩するだけのつもりだったのに、どうやら本格的に眠っていたようだ。薄暗い部屋の中、壁に掲げられたタペストリーを眺めつつ今は何時だろうと覚醒途中の頭で考える。

頬に掛かった髪を払おうとした瞬間、ラナは身を強張らせた。

ブランケットの類は掛けていなかったはずなのに、何かに覆われている感触がある。

それだけではない。

寄り掛かっているのはソファーではなく、温かくて弾力のある――。

「少しは休めましたか」

どうして、彼がここに？

公爵家の当主であり、宰相補という立場でありながら情けない姿を晒してしまった。落ち着いた声で問いかけられたというのに、羞恥と動揺でラナの鼓動は激しくなる一方だった。

慌てて傾いでいた身を起こすと肩を重みのある布が滑り落ちていく。手触りから判断するにこれはマントだろう。床に付きそうになったのを急いで手繰り寄せようとしたが、隣から伸びてきた手に素早く取り上げられた。

「申し訳ありません。お見苦しい姿を……」

ヴォルトはソファーで眠り込んでいた宰相補の醜態を隠してくれたのだろう。肩に未だに残る感触を振り払うように乱れた髪へ手櫛を通す。緩めていた襟元を閉めようとした手がなぜか素早く制された。

「働き過ぎです。お送りしますので今日はこれくらいにしましょう」

「ですが、プリシラ殿下の輿入れ準備が予定より遅れています。もう来週には、ラモルテから礼儀作法を教える女官が……」

「そんなものは些事ではありませんか」

――そんなもの？

プリシラは国王の一人娘であり、皆から愛される女王になるに違いないと将来を楽しみにされていた。「スカラファァリアの薔薇」と称される王女の輿入れを、専属の騎士であるヴォルトがまるで取るに足らない出来事のように言い捨てるなんて。

ラナは呆気に取られたものの、彼の言わんとしたことに遅ればせながら思い至った。

ずっと一番近くで護り、慈しんできたプリシラが異国からやって来た男に突如として奪われたのだ。愛する王女の嫁入り準備など失敗すればいいと思っていても不思議ではない。

そんな複雑な心情に気付かず不用意な発言をしてしまった。ラナは俯き、「申し訳ありません」と小声で謝罪した。

ようやく摑まれていた腕が解放される。指先で手の甲を名残惜しげに撫でられ、その感触に小さく肩が跳ねた。薄闇に包まれているせいではっきり見えない。だが、ラナの肌へと滑らされた手はいつもの手袋を着けていなかった。

陽の落ちた部屋は寒さを覚えるほどなのに、どうして外しているのだろう。理由を探そうとした思考は頰に触れたものによって止められた。

「あの……どう、されましたか?」

顎を持ち上げられ、ごく弱い力だったというのになぜか抗えない。ラナは堪らず声を上げたがヴォルトは無言のまま。顔をじっくり見つめられるうちに段々と呼吸がうまくできなくなってきた。

「なるほど。眼鏡のフレームで誤魔化していたのですね」

親指で目の下をすうっと撫でられ、入念に隠していたはずの隈をいとも容易く指摘される。もしかして化粧が剥げている？　そんな恥ずかしい姿を見られているのかと思うと更に落ち着かなくなってきた。

距離を取ろうと引きかけた身体は腰に回された手によって阻まれる。これはいくら婚約の可能性がある仲とはいえ、あまりにも近すぎるのではないだろうか。ラナの焦りに気付いているはずなのに、ヴォルトは構うことなく更に引き寄せてきた。

「貴女は自身を蔑ろにし過ぎている」

「自覚は、しております」

「いずれは女王となる身なのですから、無理はなさらないでください」

「……その件はまだ、正式決定ではありません」

だから離れてほしい。言外に伝えたはずが拘束が緩む気配は感じられない。

頬に添えられていた手がゆっくり後ろへと滑っていく。指に髪を絡ませながら後頭部を優しく、だけどしっかりと押さえられてしまった。

これ以上の接触は止めなければ。ちゃんとわかっているというのにどうしても強く拒めない。ラナは戸惑いつつ必死で抗おうとした。

「どうか、これ以上のお戯れはご容赦くだ……」

「ラモルテから返事がありました。こちらからの提案は受け入れられないそうです」

「えっ……」

ラモルテ皇国は、皇太子妃となるプリシラの産んだ子をスカラファァリアの後継として渡せないと言ってきた。

それは、つまり――。

目を大きく見開いたまま動きを止めたラナは、一縷の望みがあえなく散ったことを報せた男の腕に閉じ込められる。左耳に寄せられた唇から熱い吐息を吹きかけられた。

「これで、スカラファァリア王族を存続させる方法は一つだけとなりました」

「第一子は無理でも、その次の子であれば……」

「王位継承者の不在が続けば、民を不安にさせます」

ヴォルトの言い分は何も間違っていない。後継が決まらなければ無為な争いが引き起こされる危険があるのは、いくつもの歴史が物語っている。宰相補という国政を担う立場からすれば、至極当然の流れだと言い切るだろう。

だが、ラナ・エルメリックという一個人ではどうしてもその事実を認められなかった。

「わ、たくしには、王などとても務まりません」

「どうして、そう思われるのですか？」

低い声での問い掛けが耳朶《じだ》を揺らし、思わず肩を竦める。ヴォルトに拘束されている理由がわからないもののラナは主張を続けた。

「王位継承者としての教育がまったく足りておりません」

「以前ひと通りは受けていらっしゃいますし、今の貴女であれば何も問題ないでしょう」

「母の件もあります。きっと保守派は猛反対します」

「そんなものは大した障害ではありません。古い考えに縛られている者は、いずれ淘汰されます」

ヴォルトはラナの懸念を取るに足らないものだと一蹴する。必死で築いた防波堤をいとも容易く打ち砕かれ、遂には黙り込んでしまった。

「他にはありますか？」

これまで挙げたものはたしかに重要な理由ではある。だけどそれらはほんの一部で、かつ建前として出すものに過ぎない。ラナが国王の命令を拒む最大の理由は誰にも打ち明けられない。

特に——王女の専属騎士には。

早く教えろと言わんばかりに耳朶を柔く食《は》まれ、唇をきゅっと引き結んだ。沈黙が答えだと捉えられたらしい。

「貴女は王籍に復帰し、王位継承権を得る。明日には正式な勅令が出されます」

勅令はそんなに短期間で出せるものではない。ラモルテから回答が届いたばかりだというのに即実行できるのは、おそらく水面下で準備をしていたのだろう。混乱を最低限に抑えるためとはいえ、当人の意志とは関係なく事を進められていたと暗に明かされ、胸に痛みが走った。

だが、悲嘆に暮れている場合ではない。せめて最悪の事態だけは避けなければ。ラナが言葉を唇に乗せるよりほんの少し早く、低い声が鼓膜を揺らした。

「勅令と同時に、私との婚約も発表されます」

「同時に、ですか……？」

王位継承者が女性である限り、辺境伯との盟約を果たさなくてはならない。たとえそれが一度は婚約内定が反故《ほご》になった、決して良好な仲とは言えない相手であったとしても。

ラナの退路は完全に断たれてしまった。瞼を閉じて目の縁にせり上がってきたものを必死で堪えていると、腕の力が強められた。

「お待ち、ください……っ」

ありったけの力を振り絞って拘束から逃れる。おそらくヴォルトが手加減してくれたお陰だろうが、今はそんなことを気にしていられない。ソファーの端まで後ずさると膝の上で両手をきつく握りしめた。

「明日の朝、国王陛下に時間を取っていただきます」

「残念ながら、勅命はもう各所に手配済みです」

「ええ、わたくしは勅令を拒む権利など持っておりません。ですが、婚約の方はまだ間に合う可能性が残されています」

盟約はいずれ果たさなくてはならない。だが、これまでプリシラに尽くしてきたヴォルトが嫌いな相手と結婚するのは、どう考えても褒賞ではなく罰だ。陸爵と補償金、そして本人の希望があれば最悪の事態は避けられるかもしれない。

これはヴォルトのためでもあり、同時にラナ自身のためでもある。今すぐにでも国王の侍従へ言伝《ことづて》を頼もうかと思った矢先、ヴォルトの纏う空気が一瞬にして冷たいものへと変わった。

「貴女は、それほど私との結婚を避けたいのですか」

「……え？」

その低い声は獣の唸りを連想させる。思わず身を強張らせるとソファーの軋む音が薄暗い部屋に響いた。膝のすぐ傍の座面が沈むのを感じたと同時に腰を引き寄せられる。

俯いていたラナは反射的に顔を上げ――紫の瞳に囚われた。

もしかすると、これほど近くで見つめ合ったのは初めてかもしれない。昔の記憶にあるものよりも色に深みがある気がする。ヴォルトの強い眼差しに意識を搦め捕られ、ラナは息をするのも忘れてただひたすら見入っていた。

ばさりと重い布の音と共に、突如として視界が深い闇に包まれる。事態を理解するより先に被せられたマントごと身体が浮き上がった。

「キーショア様っ……ちゃんと、歩けます……！」

ヴォルトは何も答えない。扉が開かれた音で廊下に運び出されたのだと悟り、声をひそめて王女の専属騎士の名をもう一度呼んだ。

廊下を進むヴォルトに駆け寄ってくる足音がある。こんな遅い時間に大荷物を抱えて歩いていれば不審に思われるのは当然だろう。妙な噂を立てられるのでは、とマントの中で身構えるラナの予想は見事に外れた。

「宰相補殿はお疲れの為、今夜は王宮で休んでいただく。公爵家に使いを出せ」

「承知いたしました」

ヴォルトが命じるとすぐさま足音が遠ざかっていく。歩く速度は緩められることなく静かな夜の廊下を運ばれていった。

しかし、ラナをどこで休ませるつもりだろうか。疲労が積もりに積もっている自覚はあるが医者にかかるほどではない。尋ねようにも周囲の状況がわからない以上、声を出すのは躊躇われた。

「もう少しだけ辛抱してください」

囁くように告げられ、ラナは戸惑いながらも小さく頷く。

いくら歩くのが速かったとはいえ、こんなに医局は近かっただろうか。扉の音がやけに重々しく聞こえる。どうやらラナの予想とは違う場所に連れて来られたらしい。

静かに降ろされた場所は適度に柔らかく、人が身体を休めるのに適した弾力がある。手が触れたシーツの滑らかさは明らかに治療を目的とした場所のものではなかった。

掛けられた時とは打って変わり、そっとマントが外される。乱れた髪を整えながら周囲の様子を窺う。部屋の造りから判断すると客間のようだが、それにしては調度品の装飾が控えめな気がする。

「あの、ここは……？」

「私の部屋です。婚姻の準備で忙しくなるからと陛下が用意してくださいました」

ラナは王女に関する事柄の一切を取り仕切っている。それなのに教えられていないのは、これがプリシラの専属騎士としてではなく、次期女王の伴侶としての待遇だからだろう。

とはいえ、その「次期女王」にも知らされていなかったのだが。

専用の部屋といい勅令といい、この件に関してラナは完全に蚊帳の外に置かれているのだと痛感する。自分に関する事柄なのに自分ではコントロールするどころか何も把握すらできていないのだ。仕方がないとはわかっているが、気が付けば両手が固い拳を作っていた。

すぐ隣でベッドが沈み込むのを感じ、ラナははっと我に返る。ここで自己嫌悪に陥っていても状況は変わらない。

「ご迷惑をお掛けして申し訳ありませんでした。わたくしの不調は心配いただくほどのものではございません。どうかキーショア様は気にせずお休みください」

薬が効いてきたらしく、痛みの芯が微かに残っているものの頭痛はすっかりよくなっている。これ以上はラナに負けず劣らず多忙なヴォルトの時間を浪費させられない。執務室の机上は惨憺《さんたん》たる有様ではあるが、今日は諦めて屋敷に戻るとしよう。

ボタンを留めようと襟元に手を遣り、部屋を出るべく立ち上がろうとしたのだが――。

浮き上がりかけた腰を強く引き戻され、バランスを崩した身体がベッドに倒れ込んだ。

慌てて肘をつき、身を起こそうとしたラナに深い紫の瞳が迫る。

「キーショア、さ……っ」

腕に手を添えて制しようとした瞬間――唇になにかを押し当てられた。

ヴォルトに同じものを重ねられたと気付き、咄嗟に肩を押したがびくともしない。逆に抵抗した罰といわんばかりに下唇に歯を立てられ、腰のあたりからぞくりとしたものが駆け上がってきた。

初めての感触への戸惑いと息苦しさがあいまって思考が鈍くなってくる。抵抗しようにもうまく力が入らない。拒絶が弱まっていくにつれ、ヴォルトとの距離が更に縮められた。

「お、や……めっ……くだ、さい……っ」

ラナの唇を塞いでいたものが頤《おとがい》に移動し、そのまま首筋を滑り落ちていく。開けられたままの襟元をかき分けてブラウスを更に押し下げると、スリップに隠された場所のすぐ上

に強く吸い付いた。

　はじめに小さな痛みが走り、次にじわりと鈍い熱が追いかけてくる。胸元になにをされたのだろう。確かめようと下を向いた途端、再び唇を塞がれた。

「ん、ん……っ」

　噛みつくようなキスに驚き、緩んだ隙間から滑り込んできた舌が唇の内側をぬるりと舐める。生まれて初めて口内に他者の侵入を許してしまった。本来なら嫌悪感を抱くはずなのに甘い痺れに変わっていくのは、相手がヴォルトだからだろうか。

　長く執拗な口付けから解放され、ラナは乱れた呼吸と共に肩を大きく上下させた。どうして嫌いなはずの相手にこんな真似を？　問い掛けるより先に濡れた唇にちゅっと音を立てて口付けられた。

「どうか、名前を呼んでください」

「な、まえ……？」

　息の整わないままたどたどしく訊き返す。浅い呼吸を繰り返す唇に「はい」という言葉が吹きかけられた。

「私にも、貴女の名を呼ぶ許可をいただけませんか」

　赦しを請うその声は、柔らかでたっぷりと甘さを含んでいる。いつもの平坦で温度の感じられないものとは明らかに違う囁きに、胸の奥底へと沈ませていたはずのものが激しく揺さぶられた。

だが、それには絶望の日々の記憶も一緒に閉じ込めてあったのを思い出し、ラナは僅かに残った理性を必死でかき集めた。

「できま、せん。わたくしたちは、まだ婚約者ですらありません」

「いいえ。貴女には、どんなことがあろうと私と結婚していただきます」

優しく、まるで幼子に言い聞かせるような口調で残酷な言葉を吐く。ヴォルトがこれほどまで「女王の夫」の立場に固執しているとは思わなかった。もしかして父親である辺境伯からきつく命じられているのかもしれない。

「です、が……キーショア様は、殿下と共に行かれたいのではないですか？」

だが、盟約の先にヴォルトの幸せは存在しない。元に戻っただけと言えばそうかもしれないが、結婚相手は長年慈しんできたプリシラではなく「大嫌いだ」と言い放ったラナだ。いくら父親から強く言われているとはいえ、あまりにも酷ではないだろうか。

ラナの問いに対して紫の瞳へと浮かんだのは、動揺ではなく不快の色だった。やはり図星だったのか、それを指摘されたのが面白くないのだろう。

ここにはラナしかいない。本心を打ち明けてくれても決して他言しないし、ヴォルトの立場が悪くなるのを避けつつ、最大限の望みを叶えられるよう交渉すると約束すればこの状況を打破できるかもしれない。

次なる一手を提案するより先に柔らかな声が耳朶を揺らした。

「……ラナ」

囁くような呼びかけに心臓が大きく跳ねあがり、思わず息を止める。

未だにはっきりと記憶に残る、少年の頃の溌剌としたものとは明らかに違う声。

だけど耳にした瞬間、全身が震えるほどの歓喜に包みこまれた。

「あ………」

じわじわと涙がこみあげてくる。喉を震わせながら息を吸うとヴォルトが口元に淡い笑みを浮かべた。

「ラナ、私の名を呼んでください」

睫毛が触れ合いそうな距離で視線を合わせ、灼けつかんばかりの眼差しと共に懇願される。まだその時ではない。頭ではわかっているはずなのに、操られているかのように唇が勝手に開かれた。

「……ルト」

「もう一度、私に聞こえるように言ってください」

これまで散々プリシラが呼んでいるのを耳にしているし、かつてその名を何度も唇に乗せてきた。

それなのに、いざ口にしようとするとうまく音が紡げない。本当に自分が呼んでいいのだろうか。いくら本人の許可を得たとはいえ、その権利はとうの昔に失ったはずなのに。

催促するように唇へと軽やかなキスが降ってきた。声が震えそうになるのを堪え、必死の思いで音を乗せる。

「ヴォ、ルト……」

「はい、ラナ」

よくできました、と褒めてくれた唇がさっきより強めに押し当てられた。破擦音を立てて離れると、ラナの息継ぎを待ってから再び塞がれる。上下の隙間をこじ開けた舌先が上顎をぞろりと舐め上げる。慣れない感覚から咄嗟に逃れようとしたものの、頬に添えられた手が許してはくれなかった。

「ん、んん……っ」

不意に胸元へとひやりとした空気が入り込んでくる。キスに意識が向いていたせいでブラウスのボタンを外されていたのに気付かなかった。肩口に滑り込み、脱がせようとする手を慌てて掴んだが、力の抜けた手では到底敵わない。軽く背中が浮き上がったと同時に素早く腕を抜かれた。

「やっ……なにを、するつもりですかっ!?　ひゃっ、あ……っ！」

スリップの紐が引き下ろされ、肩口に軽く歯を立てられた。皮膚に硬いものが食い込んでくる感触に小さな恐怖が全身を巡る。正式な婚約すらしていないのにこんな恥ずかしい姿を晒す羽目になるなんて。無駄な抵抗だとわかっていながらもラナは覆い被さる身体を押し戻そうとした。

「お願いです……っ、もう……これ、以上……はっ、んんんっ……」

懇願はあえなくキスで塞がれ、スリップは下着ごと容赦なく引き下ろされていく。この恰好では必要ないとコルセットを着けていなかった事に今更ながら後悔する。胸の膨らみが外気に晒され、肌がぞわりと粟立った。

「ひゃっ……！」

まろび出たものはやんわりと掴みあげられ、ラナは思わずヴォルトの手首を握った。だが、それ以上の抵抗は優しくも濃厚なキスに翻弄された身体では難しい。ぐにぐにと揉みしだく大きな手を引き剝がす力など持ち合わせておらず、ただ同じものを重ねるだけだった。

「柔らかくて気持ちいい……ずっと、触っていたくなります」

「い……言わないで、くだ……さい」

「どうしてですか？　本当のことなのに」

くすっと小さな笑いを零した唇が頬に押し当てられる。まるで愛おしい者を可愛がるような仕草に胸がぎゅっと締め付けられた。

そもそもラナは男性を悦ばせる身体をしていない。決して豊かとは言い難いそれを触って楽しいのだろうか。王女の未完成ながらも女性らしい曲線を描く肢体を思い出し、不意に泣きたくなってきた。

「なにを、考えているのですか？」

「え……ひぁっ！」

　胸の頂をきゅっと摘まみ上げられ、ラナは堪らず高い声を上げる。咄嗟に左手で口を覆うと手の甲に濡れた感触が押し当てられた。

「ラナの声を、もっと聞かせてください」

　硬く尖った先端を指先で弄びながらヴォルトが囁く。誰に聞かれるかわからない状況で大きな声を出すわけにはいかない。ラナが弱々しく首を左右に振って拒否を示した瞬間、新たな刺激が襲い掛かってきた。

「んんん……っ!!」

　先ほどまで指で嬲られていた場所が口内に収められる。色の違う場所を舌先でくるりと舐められ、くぐもった声を洩らした。ヴォルトはすかさず反対側も指で同じ動きへと切り替える。両方から耐え難い刺激を送られた身体は激しく身悶え、シーツの上で茶色の髪が乱れ広がった。

　これ以上続けられたらおかしくなってしまう。過ぎる刺激に恐怖を覚えたラナは空いている右手でヴォルトの肩を押した。しかし騎士として長年鍛え上げられた身体はびくともしない。無駄だと分かっていながらも抵抗の意思を伝えるのに必死で、腰に滑り込んだ指がスカートの留め具を外したのにまったく気付いていなかった。

「私に……すべてを見せてください」

ようやく甘い責め苦から解放されたのも束の間、荒い呼吸の合間に不穏な囁きが聞こえる。すべてとは？　と問うより先に腰が浮き上がった。

「あっ……」

わだかまっていた布の塊ごと濃紺のロングスカートが引き下ろされる。追い縋った手は虚しく空を切り、覆うものを失った爪先をひやりとした空気が撫でた。

ラナの身体に残されているのは下肢を隠す小さな下着と靴下だけ。慌てて横向きになろうとしたものの間に合わず、胸を隠そうとした腕は両方まとめて頭上に縫い留められた。

「お願いですっ……もう、許し……て」

喉を震わせながら懇願しても手首の戒めが解かれる気配はない。涙でぼやけた視界に微笑む端整な顔が映り、ラナはぎゅっと唇を引き結んだ。

ヴォルトの眼前に貧相な裸体を晒している。羞恥心でいっぱいになり、出来るなら今すぐ消えてしまいたい。

だけどその一方で、ゆるりと細められたあの目に自分が映っているのかと思うと、お腹の奥から未知の感覚が湧き上がってきた。

ヴォルトの右手が首の脇に添えられ、そのままゆっくりと撫でおろしていく。鎖骨を指でくすぐってから胸を優しく掴み、掌全体で鳩尾《みぞおち》の凹凸を確かめられた。

「……強く抱きしめたら、折れてしまいそうで心配です」

「そんなっ…………んんっ……」

薄い腹に温かな手が触れ、今頃になって夕食を摂っていないことに気付く。というより最近は忙しさにかまけて軽食しか口にしていない。お陰でスカートが緩くなり、今朝は病気を心配する侍女を大丈夫だと宥めるのが大変だった。

「ラナ、これからは食事を抜かないでください」

「は……い」

「仕事を抱えすぎず、しっかり休むと約束できますか？」

「約束……っ、しますから、も、う……っ」

ヴォルトはそれを伝えるためだけにこんな無体を働いたのか。なにもここまでしなくても、と思う一方でここまでされないと従わなかっただろうとも思ってしまう。太腿を撫で下ろす手が連れてきた感覚に震えながら、ラナは何度もこくこくと頷いた。

これでようやく解放されると安堵したのはほんの一瞬。すぐに勘違いだったと気が付いた。下腹まで戻ってきた手が残された布の下へと滑り込んでいく。薄い叢《くさむら》を指先がかき分け、秘された部分を撫でられた瞬間、びくりと身を震わせた。

「どう、して……ですか？」

ヴォルトは目を細め、驚愕に震えるラナを眺めている。捕らえた獲物をいたぶるのを愉しんでいるかのような眼差しが恐怖と、そしてなぜか胎の奥から熱を湧き上がらせた。

「いけま……っ、せん……そこ、は…………や、ああっ！」

熱を帯び、ぽってりと腫れた肉唇を割り開かれる。湿り気を帯びた場所が普段より潤っているのはきっと気のせいではない。更に奥へと進んだ指が粘度のある水音を奏で、ラナはきつく目を閉じた。

「あぁ、ちゃんと感じてくださいましたね」

よかった、と呟きながらヴォルトは目尻に唇を押し当ててくる。安堵が混じった柔らかな声がより一層の混乱を引き起こした。

どうしてヴォルトは面と向かって「大嫌いだ」と宣言した相手に甘く囁くのだろう。再会して以来、接触を避けていたラナをベッドに引きずり込んだ挙句、悦ばせようとする理由がまるでわからない。

混乱する心を置き去りにして身体だけが着実に高められていく。そんな乖離した状況ですら潤みを加速させる材料になっていた。

「そこ……っ、は……っ、や、あっ……！」

遂にヴォルトの指が蜜壺の入口に辿り着いた。周囲をくるりと撫でられた途端に声が跳ねる。いつもの冷静さなどすっかり失ったラナが珍しいのか、くすりと耳元で小さな笑い声が響いた。

「ラナ、大丈夫です。ゆっくりしますから」

入口をくすぐっていた指がそっと沈められた。ごく浅く入ってから戻ってくると、くらゆりと淫らな音が上がる。違和感があるけれど痛みはなく、むしろ段々とむず痒さに似た感覚が強くなってきた。

「滑りがよくなってきましたね。そろそろ指を増やします」

「あっ……ん、んん…………っ」

入口がより拡げられた感覚に思わず喘ぎを漏らす。吐息交じりの声はまるで自分のものではないような気がした。圧迫感が大きくなるにつれてラナの内側も締め付けを強くする。奥まった場所で指先をくいっと曲げられ、襞をくすぐられる感覚に大袈裟なほど腰が揺れてしまった。

「ここがラナの好きな場所ですね。憶えておきます」

「やっ、も……っ、いけま……っ、せん」

「どうしてですか？　こんなに感じているのに」

いつの間にか更に一本、指が増やされていた。ばらばらに動かされる指先が色々な角度からラナを追いつめる。なんとか疼きを散らそうと悶えるラナを新たな刺激が襲い掛かってきた。

「……っ、ひぁ！」

戒められていた両手が解放され、ヴォルトの左手が陰核を圧し潰す。びりっと痺れにも似た感覚が身体の中心を貫き、思わず目を見開いた。

「あぁ、また締まりが強くなりましたね……気持ちいいですか？」

「わ、かり……っ、ません………ああ……っ！」

自由になった手でラナを追いつめるものを止めようとする。しかし力で叶うはずもなく、せいぜい騎士服の袖に皺を作るだけだった。

そういえばラナは一糸纏わぬ姿をしているというのに、ヴォルトはマントを外しただけ。一方的に嬲られているのだと気付いた途端、またもや内側が窄まった。

「そろそろよさそうですね」

「なに、が……きゃっ……ああああ――――ッッ!!」

内側をかき混ぜる速度が上がり、秘豆が指先で摘まれてくりくりと弄ばれる。種類の違う快楽を同時に与えられ、逃がす術を持たない身体は一気に高みへと押し上げられた。悲鳴にも似た声で啼いたラナの視界にいくつもの閃光が走る。

思考まで真っ白に焼かれた身体は、くたりと弛緩するなり意識を手放した。

瞼に柔らかな感触を覚え、ラナはゆっくりと目を開ける。

すぐ目の前にあったのは銀の髪の間から覗く深い紫の瞳。瞬きもせずにこちらを見つめる眼差しにすべてを縫い留められたような錯覚に陥り、ただ見つめ返すことしかできなかった。

「あの……わたくし、は」

「少し気を遣っていただけですよ。……とても、可愛らしかったです」

たっぷりと愉悦を含んだ声にラナはさっと頬を赤らめる。そんな反応ですらヴォルトを喜ばせてしまうらしい。とろりと目元を緩めて微笑むと、絶頂の余韻を残した身体を優しく抱き寄せた。

ヴォルトと触れ合っている場所がなんだかとても心地いい。今までとは明らかに違う感覚の原因はすぐに判明した。

「やはり、壊してしまいそうで不安です」

「……そこまで脆くはありません」

ラナが言い返すと更に裸の胸に抱き込まれ、頭頂に唇を落とされる。騎士服を着ている時は細身だと思っていたが、ヴォルトは思いのほか逞しい身体をしていた。分厚い胸板の感触に、一度は落ち着いたはずの疼きが逸る鼓動と共に蘇ってきた。

横を向いていた身体が仰向けへと変えられ、ヴォルトが覆い被さってくる。顔の横に置かれた手が前髪を払い除けるなり、その場所に軽やかなキスが降ってきた。

「キー……」

「名を呼んでください」

どうしてすぐにわかったのだろう。押し黙ると唇を柔く食まれた。

「私達はもう『婚約が内定』しているのですよ」

今の関係は十年前と同じだと言い聞かせられ、小さく息を呑む。それなら遠慮なく呼んでもいいのだろうか。躊躇いを残す身体がきゅっと強めに抱きしめられた。

「ラナ、どうか……呼んでください」

苦し気に、まるでそうされないと死んでしまうと言わんばかりの懇願に、ラナは呆気なく陥落した。

「……ヴォルト」

「はい、ラナ」

ほんの僅かな間を置いて呼びかけに応えた男が破顔する。そこに十年前の面影を見つけた瞬間、心臓がどくりと大きな音を立てた。

強めに押し付けられたキスはすぐさま深いものへと変えられる。ねっとりと絡みついてくる舌先に翻弄され、堪らず熱を帯びた身体をくねらせた。

「ゆっくり息を吸ってください……はい、吐いて」

唇の表面を触れ合わせた状態で命じられる。この声にはどうしても抗えず、ラナは素直に深呼吸を繰り返した。

「そう……上手です。私がいいと言うまで繰り返してください」

「は、い……」

ヴォルトが甘く微笑むと身を起こし、ラナの両膝に手を掛けた。左右に広げた間に陣取ると軽く腰を浮かせる。

「んっ……」

「ラナ、呼吸を忘れないで」

柔らかくなった蜜壺の入口に熱くて硬いものが押し当てられる。それがなにかを確かめようと起こしかけた身体は、屈みこんできたヴォルトのキスに阻まれた。

「なっ、んで……？　はっ……ぅ」

指とは比べ物にならない質量がラナの内側に侵入してくる。思わず息を詰めそうになったが、ヴォルトの命令を思い出し、大きく息を吸っては吐くという作業に意識を集中させた。

ヴォルトは腰を軽く押し付けてからゆっくり引くという動きを繰り返している。その度に内側を拡げられ、回数を重ねるごとに深い場所を目指していた。

「は…………っ、ん、んっ……」

「やはり……きついですね」

　ヴォルトは吐息交じりの声で呟いた。言葉とは裏腹の、嬉しさを隠しきれないと言わんばかりの顔を見た途端、内側がきゅっと締め付けられる。ヴォルトは一瞬だけ唇を歪めるとラナの頬にそっと口付けた。

「もっと奥に、私を入れてもらえますか？」

「え……？」

「どうかそのまま、力を抜いていてください」

　ヴォルトの両手がラナの腰をしっかりと掴む。なにをするのか尋ねる間もなく、ぐっと二人の結合をより深められた。

「いっ……！」

　まるで身体を真っ二つに裂かれたような痛みが走る。思わず息を止めたものの、命令には従わなくてはならない。両手でシーツを握りしめたまま、必死の思いで深呼吸を繰り返した。

　しばらく続けているうちに不思議と痛みが和らいできた気がする。涙を浮かべながら必死で耐える姿をヴォルトはうっとりとした眼差しで見つめていた。

「……ほら、全部入りましたよ」

「ほんと、に……？」

「ええ、ラナが頑張ってくれたお陰です」

ありがとうございます、とキスと共に褒められてふにゃりと表情が崩れる。ヴォルトは唇を重ねたままゆっくりと腰を引き、また同じ速度で戻るという律動を繰り返しはじめた。

最初は苦痛ばかりが前面に出ていたが、慣れるにつれて別のものが湧き上がってくる。快楽を与えられる方が深呼吸を維持するのが難しい。それでも約束は守ろうと健気に奮闘していたラナだが、敏感な秘豆をくすぐられた途端に高い声を上げた。

「やっ……！　ヴォルト、そこ……はっ、駄目………………あっ……！」

「もういいですよ。沢山感じて、存分に乱れてください」

痛みと快楽が混じり合い、ラナをじりじりと追いつめていく。身をくねらせながら悶える姿をヴォルトがじっと見つめているのに気付き、咥え込んだ肉茎をきつく締め上げた。

「ラナ……一緒、に……っ！」

切羽詰まった声が聞こえると同時に腰を強く押し付けられ、頭の中で何かがぱちんと弾ける。強張った身体が力なくシーツに沈んだ。

霞む視界の中、小さく呻いたヴォルトが眉根を寄せている。どくんと脈打つように胎の中に熱いものが迸《ほとばし》った。ヴォルトが注いだものが何かを知らないほどラナは初心ではない。だけど、どこか遠い場所で起こった出来事のようでなかなか実感が湧いてこなかった。

ただでさえ疲れていた身体が急激に重怠くなってくる。今にも深い眠りに落ちそうなラナは逞しい腕の中に囚われた。

「これで貴女はもう……私から逃れられません」

低く、それでいて喜びの気配が交じった囁きが耳朶を打つ。

これは――王女への意趣返し。

大嫌いな相手との結婚に踏み切れるほど、プリシラを失ったショックは大きかったのだろう。

そう思い至った途端、ラナの中に積み上がっていた疑問の塊がすうっと消えていく。

同時に眦《まなじり》から一筋、透明な雫が零れ落ちた。

第三章　夢の代償

閉じたままの瞼に温かな光を感じ、ラナはゆっくりと目を開けた。

こんなに深く眠ったのはいつぶりだろう。ずっと後頭部に居座っていた重苦しさが消えて安堵したのも束の間、ここが自室のベッドではないことに気付く。

「ラナ様、おはようございます」

「……おはよう」

どうやら部屋の主は愛する王女のもとへ赴いた後のようだ。いつもと違う場所で目覚めたというのに、窓辺では専属の侍女がいつものように微笑んでいる。所々が軋む身体を起き上がらせると、見慣れないガウンに包まれていた。袖も丈も長いのでこれは男性用なのだろう。

部屋の主を思い出して俯くと、洗面用の濡れタオルが差し出された。

「少し熱めにしてあります」

「ありがとう。……気持ちいい」

タオルで顔全体を覆ってしばし待つ。丁寧に拭ってから離すと腫れぼったい感覚が随分と薄れていた。

フィリニはタオルを受け取ると部屋の隅からワゴンを押してくる。そしてトレイごとラナの膝に乗せてから深皿の蓋を外した。ミルクと煮込まれた野菜の美味しそうな匂いが立ち昇り、すっかり忘れていた食欲が一気に湧き上がってくる。

「ゆっくりで結構ですので、どうかすべてお召し上がりください」

「……わかったわ」

今の腹具合なら完食できそうだが、わざわざ念を押されたのが気に掛かる。

もしかするとヴォルトが命じたのだろうか。それ以前にフィリニをこの部屋へと遣わせるのに、誰になんと伝えたのか気になって仕方がない。

とはいえ、今はこのミルクスープをさっさと食べて仕事に行かなくては。着替えが姿見の前に用意されていくのを横目に、黙々と木匙を口に運んだ。

スープは思いのほか量があったがなんとか完食できた。食器を下げてもらっている間にベッドから降りると下肢にぴりっとした痛みが走る。サイドテーブルに手を突いて支えると、フィリニが慌てて駆け寄ってきた。

「大丈夫ですか？」

「えぇ……少しふらついただけ」

慎重に歩みを進めるラナを支える目には心配の色がありありと浮かんでいる。まっすぐに見つめられるのが気まずくて、足元を気にするふりをして視線を下に向けた。

ラナは普段、着替えを一人で済ませている。この部屋のように続き間が無い場合はフィリニがいる場所でガウンを脱がなくてはならない。

ドレスを着る時には手伝ってもらっているので遠慮はないけれど、今日はどうしても躊躇われる。なにせラナ自身、着せられたガウンの下がどうなっているかわからないのだ。

「厨房へ食器を戻しに行ってまいります」

「わかったわ」

有能な侍女は空気をしっかり読んでくれたらしい。扉が静かに閉じられ、一人きりになったのを確かめてからガウンの腰紐を解いた。案の定、中には何も着ていない。

周囲を見回したが脱ぎ散らかした、もとい――脱がされた服は綺麗に消えている。フィリニがラナを起こす前に回収してくれたのか、それとも……。

顔が熱くなってくるのを感じて思考を遮断する。とにかく今は現状確認が最優先事項だとクローゼットの横にある姿見の前に移動した。

「よかった……大丈夫そう」

噛まれた首の側面は微かに赤くなっているだけなので目立つ心配はない。念のために鏡に背を向け、髪をかき上げてうなじも確かめてみたが、そちらには不自然な痣《あざ》の類は見つけられなかった。

これで安心して着替えられる。素早く下着を身につけるとブラウスを手に取った。今日はレースで縁取られたスタンドカラーのものを選んでくれたらしい。襟の形状に他意を感じたのは気のせいだと思うことにして、黒の靴下と臙脂色《えんじいろ》のスカートを穿いた。

スカートと同じ色のタイをリボン結びにしてから、傍らに置かれたブラシを手に取る。緩い三つ編みにして髪紐で縛り、手早く薄化粧を施して身支度は完成した。

既に太陽は随分と高い位置まで昇っている。昨晩、ヴォルトから教えられたものが予定通りに実行されているとしたら、こんな簡素な装いを許されなくなる日も遠くないだろう。

「ラナ様、お支度のほどはいかがでしょうか」

「済んでいるわ。入って」

失礼します、と告げて入室してきたフィリニは小さな銀のトレイを携えていた。両手で捧げるように差し出された上にあるのは、国王の印で封蠟がされた書状。中身は読まなくてもわかっている。

封筒と隣に並んだペーパーナイフを手に取る。中身はたった一枚の便箋だが、記されていた内容はラナ自身だけでなく、スカラファリアという国の未来を決定する非常に重みのあるものだった。

――ラナ・エルメリック公爵へ王籍を与える。

唯一の王女であるプリシラがラモルテ皇国へ嫁ぐことは既に周知されている。そのタイミングでこんな勅令が出されたら、誰を王位継承者として指名するつもりかは火を見るよりも明らかだろう。

簡素この上ない文章を一文字一文字目で追うこと五回。ラナは目を閉じ、深呼吸をしてから便箋を元の形に折りたたんだ。

「……そろそろ出るわ」

「かしこまりました。あの、もう一つご報告が……」

国王からの手紙をトレイに戻す手がぴくりと揺れる。聞きたくないと心が悲痛な叫びを上げているのを無視して続きを促した。

「ラナ様とヴォルト・キーショア様の婚約が、勅令と同時に発表されました」

「……そう」

話を聞いた時、ヴォルトに余計なことを言わなければ避けられたかもしれない。一度は了承したふりをしてすぐに国王へ直談判すれば、父親に従わなければならない彼を救える可能性はあったはず。

軽率な行動をとってしまった後悔に胸が圧し潰されそうになる。

だが、もうすべて決まってしまった。

――仕方がないのだ。

テーブルに用意されていた眼鏡を掛け、ローブを着てから扉へと向かった。

「おはようございます」

「……おはよう、ございます」

どうして護衛騎士が四人も控えているのだろう。廊下に出たラナは面食らいながらもなんとか平静を装い、挨拶を交わした。

「行き先は執務室でよろしいでしょうか」

「えぇ、お願いします」

彼らはあらかじめ配置を決めていたのだろう。前後左右を護られる形で歩き出した。

文官として王宮に戻り、宰相補になってからは状況に応じて護衛が付くようになった。と言っても付くのはせいぜい一人で、野外の視察の際には二人になる程度だったと記憶している。

それが王宮内の、しかも足を踏み入れられる者が限られている区画を移動するだけで四人も同行するなんて、まるで王族のようではないか。

あぁ――そうだった。

先ほど書状を受け取ったばかりなのに思い至らなかったのは、まだ実感が湧いていないからだろう。慣れるまで時間が掛かりそうだが、せめて騎士達の手を煩わせないようにしなくては。

角を曲がるとこちらの方へ二人の上級文官が歩いてくる。一人が隣で書類に目を落としているもう一人を肘で小突いた。なんだよ、とでも言いたげな顔をした彼は護衛を伴った宰相補に気付くなり大慌てで廊下の端へと飛び退る。

深々と頭を下げる二人に掛ける言葉が見つからず、結局はこれまでと変わらず「おはようございます」と告げて通り過ぎた。

「お、はようございます……」

戸惑わせてしまったのは申し訳ない。だが、昨日まで対等な立場で仕事をしていた間柄で、急に態度を変えるのは大いに抵抗があった。

執務室の扉が遠くに見えてくる。ラナの部下達は今回の勅令をどう捉えているのだろう。近付くにつれて緊張が高まってきた。

「私共はこちらに交代で控えております」

「わかりました」

王宮内には至る所に警備兵が配置されている。これまで危険を感じたことなど一度たりともなかったのだが、王族に名を連ねる者となった今はその身の重さも変わったのだろう。

ラナが扉を開けると、文官達が一斉に起立した。いつになく緊張した空気に戸惑いながらもなんとか笑顔を作る。

「おはよう」

「おはようございます。で……殿下」

遠慮がちに告げられた呼称にラナが小さく息を呑んだ。その反応を悪い方に捉えたのか、口にした文官が慌てて頭を下げる。

「も、申し訳ありません！　失礼な真似を……」

「ごめんなさい。そういう意味ではないの。まだ慣れていなくて驚いてしまっただけ」

きっと彼らも王籍に戻ったラナをどう扱うべきか戸惑っているのだろう。余計な気を使わせてしまったと申し訳なく思いつつ、皆に着席を促した。

「驚かせてしまって本当にごめんなさい。わたくしは本日付けでエルメリック公爵位を返上し、公女になりました。でも、皆にはこれまで通りに接してもらえると嬉しいわ」

「ですが……」

「必要であれば公女命令とします。この件で王族侮辱罪には一切問いません」

爵位を返上して王籍に戻ったとしても、宰相補としての仕事が無くなるわけではない。特に今はプリシラの輿入れ準備の真っ最中なのだ。ここで手落ちがあればスカラファリアは笑い者になるだけでなく、ラモルテ国内でのプリシラの立場まで悪くなる危険がある。

だから引き続き協力してほしい。公女の「お願い」が効いたのか、ようやく彼らに笑顔が戻ってきた。

「これからはなんとお呼びすればいいでしょう」

「そうね……」

文官達の大半はラナを家名で呼んでいた。それが使えなくなったからといって「殿下」と呼ばれるのは大いに抵抗がある。しばし逡巡してからおもむろに口を開いた。

「役職で呼んでもらうのが一番楽かしら」

「承知いたしました、宰相補様。引き続きよろしくお願いいたします」

早速ですが、と執務室が動き出す。ここまですんなりとラナの変化を受け入れてくれるとは思わず、ついつい唇が綻んでしまう。

王位継承やヴォルトとの結婚については一旦忘れて、とにかく今はプリシラの輿入れを成功させなくては、と気合いを入れなおした。

だが、正午過ぎに執務室を訪れた男によってその決意はあえなく打ち砕かれた。

王女の護衛騎士が面会を希望していると告げられ、通すように告げながらにわかに緊張が高まってくる。なにせ昨日の今日だ。どんな顔をするのが正解かわからないまま、扉が静かに開かれた。

「失礼いたします」

入室してきたヴォルトにはまったく変化が見られない。騎士服を一分の隙もなくきっちりと纏い、無表情で完璧な礼を見せた。

そして——ラナとは決して目を合わせようとしない。

まるで昨夜の出来事などなかったかのような振る舞いに、婚約が反故になったのではとさえ思えてきた。

「キーショア様、ようこそいらっしゃいました」

彼が態度を変えないのであればこちらも倣うべきだろう。微笑みながらいつもと同じ挨拶したというのに、ヴォルトは目を伏せたまま僅かに眉根を寄せた。

「公女殿下、私に敬称は不要です」

これまでも爵位はラナの方が上だったが、彼は既に王女の婚約者として扱われていた。だが、ラナが王族の一員となり公女という立場になったからには、彼に「様」を付けて呼ぶのは正しくない。

一夜にして変わった立場に慣れるのにはまだ時間が掛かりそうだ。

「……失礼しました。キーショア卿、なにかご用でしょうか」

名前を呼び捨てにする勇気などあるはずもなく、無難かつ妥当な呼称を使ってみる。それでも不満そうな気配を引っ込めないのはどうしてだろうか。

「敬語も必要ございません」

「……その点につきましては、宰相補としての立場もありますのでご容赦ください」

少なくとも執務室にいる間のラナは公女ではない。王妃と王女の公務に関する一切を取り仕切る宰相補だ。プリシラ専属の騎士に敬意を払うのは当然だろう。

この主張にはヴォルトも納得したのか、それ以上の追及はされなかった。無言のまま書類が積み上がった机をじっと見つめている。

「昼食は召し上がりましたか?」

「いえ、まだですが……」

ただでさえ仕事が溜まっているのに昨夜は途中で切り上げてしまった。そしていつもより遅い出勤だったので今日は昼食を抜いて挽回するつもりでいたのだが、ヴォルトにそれを伝えるのは憚られる。

どうしてそんなことを訊ねるのか。質問の意図がわからず密かに身構えていると、想像だにしない提案が飛び出した。

「でしたら、ご一緒させていただけますでしょうか」

「わたくしと……ですか?」

「はい。今後の予定についてのお話もできればと思いまして」

相変わらずヴォルトの視線は机に向いたまま、そこから少しも上がってくる様子はない。淡々とした口調とあいまって、昼食の誘いを受けたという実感がまったく湧いてこなかった。

ラナが返事に窮していると、書類の確認をしていた文官がラナへと近付いてきた。

「エルメ……宰相補様、急ぎの件は片付いていますので、どうか休憩なさってください」

「だけど、ラモルテへ送る書状の清書を済ませないと」

「清書でしたら私がやっておきます」

そう言って立ち上がったのは外国語の堪能な文官。彼女に任せれば安心だが、そこまで頼んでいいものだろうか。躊躇うラナの机から下書きのメモが素早く奪われてしまった。

「宰相補様もご自身の件で忙しくなります。私達で肩代わりできる業務はどうかお任せください」

「忙しくなるのは確かだけど、皆の仕事を増やすなんてできないわ」

「これも一つの練習だと考えてはいかがでしょうか？」

練習？　と怪訝な顔をするラナに向かい、文官がにこりと微笑む。

「宰相補様はいずれ、多くの家臣を持つ身となります。お一人でこなそうとなさらず、遠慮なく周りの者に命じてください」

その言葉に他の文官達もうんうんと頷いているではないか。そんな真似をしたら保守派から怠慢だと責められてしまうかもしれない。素直に頷けないラナの隣でふわりとマントが翻った。いつの間に、と驚きで揺れた背中へ宥めるように手を添えられた。

「参りましょう」

「あの、はい……」

そっと押し出される力に抗わず、一歩足を踏み出す。「いってらっしゃいませ」の声に観念し、ラナはいくつかの指示を出してから廊下へと向かった。

「キーショア卿、どちらへ行かれるのですか？」

「サンルームに食事を用意させました」

よりによってプリシラが好んでお茶を飲む場所を選ぶとは。咄嗟に王女のスケジュールを思い出した。今頃は王妃と共に嫁入りの際に持参する装飾品を選んでいるだろう。出入りの宝石商も来ているので、サンルームで鉢合わせする心配はなさそうだ。

右斜め前をヴォルトが進み、後ろから二人の騎士が少し距離を空けてついてきている。王女の輿入れに伴って王籍復帰を果たした公女、そして公女との結婚を命じられた王女の専属騎士。噂の二人が連れだっている姿に四方八方から視線が突き刺さる。

「……さすが、恥知らずな女の娘だけある」

「もしかして、婚約者を取り戻したかったのでは……？」

保守派の貴族が聞こえよがしに囁き合っているのが嫌でも耳に入ってくる。嘲りを隠そうともしない物言いに目を伏せ、奥歯をぐっと噛みしめながら耐える。

だが、彼らの自分勝手な囀《さえず》りは次期女王の夫となる男によって封じられた。

ヴォルトが軽く右を向き、一団をまっすぐに見つめている。その途端、あれほど威勢の良かった集団が一斉に口を噤んだ。

常に強気な姿勢を崩さない彼らがここまで大人しくなるのは実に珍しい。保守派の面々がどんな表情のヴォルトを目にしたのか、ラナの位置からでは確かめることはできなかった。

サンルームにはごくシンプルな食卓が用意されている。

ヴォルトはスマートな所作でラナを座らせてから向かいに腰をおろした。

「ゆっくりで結構です。すべて召し上がってください」

つい数時間前にも似たような台詞を耳にした気がする。ラナは、はいと返すと数種類の豆と野菜を使ったサラダを口に運んだ。

やはり命じたのはヴォルトなのだろうか。量は控えめではあるものの、のんびり食べていては待たせてしまうだろう。ラナは出された料理を咀嚼するのに集中していたせいで、テーブルの反対側から注がれる視線に気付く余裕はなかった。

メニューは食べやすいものを用意してくれたのか、なんとか残さずに済んだ。食後のお茶と小菓子を待つ段になるとヴォルトがおもむろに立ち上がる。

「ソファーでお話しいたしましょう」

差し伸べられた手が手袋に包まれていないのは食事をしていたから。ちゃんと理由がわかっていても、剣を持つ者特有の硬い掌の感触に心臓がにわかに騒ぎはじめた。頬が熱くなってくるのを自覚しつつ、俯き気味に窓辺へと歩みを進める。

中庭へと向く形で置かれたソファーへ並んで腰を下ろすと、後ろからカートの音が近付いてくる。フィリニが手早くお茶を用意して、来た時と同じように素早く姿を消した。

「陛下からの勅令は受け取られましたか」

「……はい」

どこで受け取ったのかを伝えるのは憚られ、ラナは言葉少なに返す。沈黙に耐えかねてティーカップを手に取り、まだ熱い紅茶を口にしたせいで舌先を軽く火傷してしまった。

「先程、陛下から言伝がありました。王女殿下の成婚から半年以内に婚姻式を執り行うよう準備せよ、とのことです」

プリシラがラモルテへ向かう時期は決まっているが、結婚式の具体的な日取りは検討中だと聞いている。だから敢えて期限のみを設けたのだろう。だがこれは気遣っているのではなく、可能な限り早くしろという命令だ。

城下町にあるエルメリック家の屋敷は処分すべきだろうか。使用人の新たな仕事先も考えなくてはならない。

中庭を挟んで反対側の通路をラナの部下である文官が歩いている。どうやら確認を終えた書類を各部署に戻しに行くところらしい。

あぁそうだ。後任の宰相補について、宰相と相談して引継ぎをはじめなくては。

それから、それから——。

王女の輿入れに関しては素早く段取りができるのに、いざ自分のこととなるとどこから手を付けていいかわからない。ティーカップをテーブルに戻した拍子にほつれた髪が頬に落ちてきた。ラナが手を遣るより先にこめかみに何かが触れる。そのまま耳の後ろを撫でられ、髪を元の位置に戻された。

仕事を終えた指先はすぐに離れていくと思いきや、今度は頬全体が温かなもので覆われる。抵抗できず、ただされるがままのラナは隣から伸びてきた手によって顔を右へと向かされた。

軽く顎を上げた視界の先にあるのは、深い紫色の瞳。

すべての意識を吸い取られてしまいそうな強い眼差しとぶつかり、ラナは息を呑んでただひたすらに見つめていた。

ヴォルトはもう一方の手でラナの眼鏡を外すなり身を屈めてくる。互いの息が感じられる距離でふっと柔らかく微笑んだ。

「顔色は随分と良くなりましたね」

「あ……ご心配を、お掛けしました」

昨晩されたのと同じように目の下をすうっと撫でられ、思わず声が漏れそうになる。ぴくりと肩を跳ねさせるとヴォルトは笑みを深めた。

「ラナ」

柔らかな、砂糖菓子を連想させる声で名を呼ばれ、頭の芯にじんとした痺れが走る。堪らず零した吐息は重ねられた唇に吸いこまれた。

「これからはもっと自身の身体に気を配ってください」

「は、い……」

お願いの形を取っているものの、その囁きを拒めるはずがない。

ラナが素直に頷くと婚約者は満足げに微笑む。腰を引き寄せられ、先ほどよりも深く口付けられた。呼吸する余裕すら奪われるほどの激しさに頭がくらくらしてくる。

「それから、二人きりの時は名前で呼ぶと約束してください。……いいですね？」

陶酔の世界から戻りきれていないラナは、ただ小さく頷くことしかできなかった。

◇◆◇

ラモルテ皇国から女官達がやって来て一ヶ月が経った。

建国時からの伝統に則って執り行われる婚姻の儀式は、手順が難解なだけでなく立ち居振る舞いが厳格に定められている。プリシラはその流れをすべて頭と身体に叩き込むべく奮闘しているものの、正直なところ成果は芳しくないとの報告を受けていた。

そんな事情もあり、女官の指導も徐々に厳しくなっているが、大切な王女が苦しんでいるのを見ているのが辛いらしい。王女専属の侍女と度々衝突しているという話が耳に入っていた。

どれほどの厳しさなのか、ラナは時間を作って一度だけプリシラの受けている指導に同席してみた。だがそれは、四年間過ごした修道院ほどではないというのが正直な感想だった。

王女の憂いを払うのも宰相補の重要な仕事だ。どうにかしてあげたいと思いつつ、一方ではこればかりはどうしようもない気がしている。なにせこれまでラモルテ皇国に嫁入りした者が乗り越えてきたものだ。いくらプリシラが既に皇太子の子を宿している身であっても免除は難しい。

それに、特別扱いで楽ができるのはほんの一瞬だけ。きっと事あるごとにその件を引き合いに出され、立場を悪くするのは目に見えていた。

ここがプリシラにとって文字通りの正念場だ。侍女達にはできる限りサポートするよう頼んであるので、なんとか乗り切ってほしいと祈るばかりだった。

その日、ラナは夜会へ招待する客の件で相談すべく、王妃の居室へと向かっていた。

相変わらずの忙しさではあるが、意識をしなくても背筋を真っ直ぐに維持できているから体調は悪くない。

足取りも軽く感じられるので、もしかするとここ数年の中で最も調子が良いのかも、とまで思えてきた。

それはひとえに部下がこれまで以上に協力の姿勢を見せており、ラナの負担が大幅に軽減されているからに他ならない。

もちろんそれだけではない。婚約者となった王女専属の騎士、ヴォルト・キーショアは足繁く公女のもとへと通っては結婚の準備を積極的に進めている。いくら息抜きが下手なラナでもこの時ばかりは仕事の手を止めざるを得ない。その場には必ず食事が用意されているので、痩せ細っていた身体も徐々に健康的なシルエットへと変わってきていた。

とはいえ、周囲の目に映る次期女王とその婚約者の様子はとても仲睦まじいとは言い難い。やはりヴォルトは王女に未練があるのではと聞こえよがしに語る者もいた。だが、そんな噂を耳にしてもラナの表情が崩れることはなかった。

王族の居住区域は王宮の中でも厳重な警備体制が整えられている。警備兵が二名ずつ配置された扉を三つくぐり抜け、広い廊下を進んでいると見慣れぬ光景に思わず足を止めた。

「どうして皆がここにいるのかしら？」

「あ……っ、宰相補様」

プリシラ付きの侍女は八人。交代制で一日六人が勤務しており、少なくとも一人は常に傍に控えているはず。それなのにどうして、片付け途中のサロンに六人全員が集合しているのだろう。ラナの問いに最年長の侍女が答えた。

「実は、プリシラ殿下がラモルテの女官殿と話すから下がるようにと、人払いされまして……」

「殿下が？　でも、あの方達は今、婚儀の打ち合わせに出席しているはずじゃないかしら」

そちらは宰相と祭事担当の大臣に任せている。ラナが更に問い掛けると全員が表情を曇らせた。

「いえ、お一人だけ残っていらっしゃいます。理由はわかりません」

「殿下はその女官と二人きりなの？」

「はい。どうもその……アゼル様とは近頃、とても仲良くしていらっしゃいます」

その名前はリストで見た記憶がある。だが、いくらラモルテに輿入れするとはいえ、特定の女官と親しくするのは明らかに不自然だ。

王妃を訪ねる前に顔を出してみよう。方向転換して王女の居室の方面へ赴くと、ラナはすっと表情を強張らせた。

今日はヴォルトが休暇を取っているが、当然ながら護衛は一人ではない。最近は念の為にと増やされたはずの騎士達が廊下の手前で居心地悪そうに佇んでいた。

「殿下の部屋から離れているのには、何か理由が？」

「はっ！　殿下から扉の前にいられると落ち着かないので、こちらで待機するように命じられ……」

困惑交じりの報告に、胸の奥で燻っていた不安が一気に膨れ上がる。ラナは騎士が答え終わるのを待たずに廊下を駆け出した。必死で足を動かしているのに目的の扉がいつまでも遠くにある気がする。ようやく近付いてくるとなにかが割れる音が耳に届いた。

「誰か……っ、たす、け………」

「殿下！」

ノックもせずにドアノブを思いっきり引っ張る。幸いにも鍵は掛かっておらず、派手な音を立てて扉が開かれた。

最初に目に飛び込んできたのは横倒しになった大きな花瓶。綺麗に飾り付けられていたはずの花々が水浸しの状態で踏み潰され、花瓶も無残に割れていた。

「お願いっ……やっ……め、て……っ！」

その奥では仰向けに倒れたプリシラにラモルテの女官服を着た女——アゼルが覆い被さっている。その手に握られた鈍色の刃を見た瞬間、身体が勝手に動いた。

「殿下から離れなさい!!」

体当たりしてプリシラの上から退かしつつ女官の手首を掴む。しかしアゼルも負けてはいない。なんとか手にしたものを王女に突き立てようと激しく暴れはじめた。

「邪魔っ……すん、なっ……！」

ラナの拘束から逃れるべく手足をばたつかせる。膝で腹を蹴られて体勢を崩したものの、辛うじてナイフを持つ手は戒めたまま。この後はどうしたらいいか考える余裕もなく、ただ必死で両手に力を籠めていた。

「殿下、こちらへ！」

「誰か……あの人を止めて――っ!!」

もみくちゃになりながらプリシラの無事を音で知る。

それで油断したのか、力の限界が訪れたのか、アゼルの手首を掴む力が緩む。

勢いのままに振り下ろされたものを咄嗟に身を捩って避けた――つもりだった。

左肩に鋭い衝撃が走る。

そこがじわじわと熱を帯びはじめ、次第に痛みへと変わっていった。

「……くっ………ぅ」

思わず漏れた呻きはいくつもの足音と怒号、そして悲鳴にかき消される。刺さった物を抜こうとした指から力が失われていき、遂には毛足の長い絨毯《じゅうたん》へだらりと落ちた。

ラナに圧し掛かっていた重みが消えて上半身を抱き起こされる。だが、視界がぐらぐらと揺れて周囲の様子がまったくわからなかった。

「宰相補様がお怪我を……！」

「誰か医者を呼べ、早く!!」

身体を鉛にでも替えられたかのように重く感じる。すぐ近くにいるはずなのに声がやけに遠くから聞こえてくる気がした。

私なら大丈夫。だからそんなに騒がないで。

皆に落ち着くよう伝えたいのにどうしてか声が出てこない。

荒い呼吸を繰り返しているうちに、急激に意識が遠のいていった。

＊＊＊＊＊

――身体が熱くて堪らない。

それなのに奥歯が鳴るほど震えが止まらないのはなぜだろう。暑いのか寒いのか、立っているのか横になっているのかすらわからない。ぐちゃぐちゃの感覚から逃れるべく重い瞼をこじ開けると、歪んだ視界に見覚えのある顔が映り込んだ。

「ラナ、私の声が聞こえるか？」

「は、い……陛下」

ひび割れた声で答えると国王はほっとしたような笑みを浮かべた。

頭痛がいつもより数倍酷い。割れそうな痛みの中で必死に記憶の糸を手繰り寄せると、ラナの意識が一気に覚醒した。

「プリシラ殿下は、ご無事でしょうか……？」

「あぁ。ショックを受けているが体調に問題はない」

よかった、と零した安堵の溜息にはひどく熱が籠っていた。

「あの女官はラモルテの皇后の対抗勢力の差し金のようだ。詳しい事は尋問中だが、じきにわかるだろう」

ラモルテの皇帝には皇后の他に側妃が一人いる。側妃の一族が第二皇子を次期皇帝にすべく、水面下で画策しているという噂は本当だったらしい。

つまりプリシラは早くも嫁ぎ先の争いに巻き込まれたのだ。明らかにとばっちりではあるものの、婚約者とお腹の子を失えば皇太子が大きなダメージを受けるのは間違いない。

今後はより警備を強化し、信頼できる者を常に傍へ置くようプリシラを説得するしかなさそうだ。ラナはズキズキと脈打つような頭痛に耐えながら対策に考えを巡らせる。

「お前が異変に気付いてくれたお陰で、最悪の事態を防ぐことができた。……本当に、感謝している」

「わたくしは……当然のことをしたまでです」

そういえば、ベッドに横たわったまま国王と会話しているではないか。突然のことでうっかりしていたと慌てて身を起こそうとする。

「あ……」

怪我をしていない方の肘を立てようとして右を向くと、そこにはいつもより乱れた銀髪があった。その間から覗く紫の瞳を見つけた途端、思いつめた表情が僅かに緩んだ気がした。

今日はキーショア家の別邸で家族と過ごすと聞いていたのに、折角の休暇を台無しにしてしまった。心配を掛けてごめんなさい、と小声で伝えるとずっと握られていた右手にきゅっと力が籠められた。

「公女殿下、傷口を縫ったばかりですので安静になさってください」

枕元に立つ王宮医に低い声で制された。その言葉はお願いの形を取っているが有無を言わせない圧力を感じる。国王もそれに頷いたので、大人しく元の体勢に戻った。

「わたくしは、どれくらいで復帰できますか？」

アゼルの持っていたナイフは大きくなかったはず。だからさほど深い傷にはなっていないだろう。

しかし、こんな大事な時期に怪我をするとは、宰相や文官達への負担を考えると申し訳なさでいっぱいになる。一刻も早く仕事に戻らなくては、という焦りが言外に伝わったのか、王宮医は表情を曇らせた。

「襲撃犯の使ったナイフですが、刃に神経を麻痺させる毒が塗られておりました」

アゼルは確実にプリシラを亡き者にするつもりだったのだろう。悪霊にでも取り憑かれたかのような形相と血走った目を思い出し、ラナはきゅっと唇を引き結んだ。

「殿下はそれを左肩に受けてしまいました。元の生活に戻るまでは、その……相当な時間が掛かるかと」

歯切れの悪い口ぶりから察するに、左腕はリハビリを続ければある程度は動かせるだろうが、怪我を負う前のようになるのはまず不可能。

そして最悪は――一生動かないまま。

左腕は布団の中に隠されている。試しにシーツを握ってみようとしたものの、どんなに力を入れてもぴくりともしない。身体の一部のはずなのに自分の制御から完全に外れている。初めての感覚に戸惑っていると扉の方がにわかに騒がしくなってきた。

「お姉様……っ！」

制止する護衛を振り払い、プリシラがこちらへと駆け寄ってくる。目の周りが赤く腫れているからきっと泣いていたのだろう。ベッドの縁を摑んで屈みこむと愛らしい顔をくしゃりと歪めた。

「ごめんなさい。私のせいで、こんな酷い怪我……をっ…………！」

声を詰まらせながら謝罪する姿は見た者の庇護欲を搔き立てる。咄嗟に乱れた前髪を直してやろうとしたのだが、どんなに頑張っても左手が持ち上げられなかった。

「殿下のお命に比べたら、わたくしの左腕など安いものです」

もしアゼルの企み通りに「スカラファァリアの薔薇」が散らされていたら、きっと大きな国際問題に発展していただろう。下手をすれば国王は大事な一人娘がラモルテの権力争いの犠牲になったと怒り狂い、宣戦布告をしていたかもしれない。

いくら王族に復帰して王位を継承する身とはいえ、ラナはただの宰相補でしかない。

その腕一本で事が収まったのだから、どちらが重要かなどわざわざ比べるまでもないだろう。

誰に聞いても妥当な判断だったと言われるはずだというのに、右手を包み込む力が一層強くなった。

「どうやってお詫びをしたらいいのか私にはわからないわ。お姉様の望みを教えて？　なんでも叶えてあげる」

きっとプリシラは心の底から反省した上でラナに謝っているのだろう。そして怪我の補償を申し出てくれている。素直で謙虚な王女がどうしてあんな軽率な行動を取ったのか不思議で仕方がない。

だが、こうなった以上、ラナの望みは一つだけだった。

今にも泣きそうな顔をしたプリシラにふっと微笑みかける。

「殿下、どうかこれまで以上にお身体を大切にすると約束いただけますか？　そしてラモルテに嫁ぎ、丈夫なお子をお産みになってください」

「……それが、お姉様の望みなの？」

ラナがはい、と頷くと新緑を思わせる瞳からぽろぽろと涙が零れ出した。そんなにしゃくり上げたらお腹の子へ影響が出ないだろうか。同じ心配をしたのか、国王は娘の肩を抱き寄せると優しく背中をさすっていた。

「わかったわ……これからはもっと身の回りに気をつける。真面目に勉強して、アレクシス様と結婚して……元気な子供を産むって約束するわ」

「ありがとうございます、殿下」

ラナは微笑むと視線をプリシラの隣へと移した。こんな時でも美しさを損なわない金の髪を撫でる手を止め、国王がこちらを向いたのを確かめてからおもむろに切り出した。

「陛下、どうかもう一度、ラモルテに後継を譲っていただくよう打診をお願いできませんでしょうか」

「だが、それはもう……」

「わたくしが『王笏《おうしゃく》の誓い』を行うのはまず不可能でしょう。きっと事情を伝えれば了承していただけるに違いありません」

国王は何かを言いかけたが、続けたラナの言葉に黙り込んでしまった。

スカラファリア王国には王位継承の際に行う儀式がある。

国宝である王笏を左手に持ち、高く掲げてから大聖堂にある「誓いの石」へと石突き部分を打ち付け、玉座を得たことを神と歴代の王に宣言する。打ち付けた音の強さや音色は正式な文書に記され、後世へと語り継がれるのだ。

ラナは王笏を持ったことはないが、民衆の命を表していると言われているので相当な重さがあるに違いない。神経毒に冒された腕では、打ち付けるどころか持ち上げることもできないだろう。

つまり――ラナが女王になる道は完全に断たれたのだ。

今度は右側へとゆっくり頭を移動させる。そこには一切の表情が削ぎ落とされた端整な顔があった。

「キーショア様への補償は、後日改めて話をさせてください」

「ラ……」

ヴォルトの呼びかけを小さく首を振って遮る。婚約者ではなくなるのだから、もうその名を口にするのは赦されない。

温もりに包まれていた右手を持ち上げ、そっと振りほどく。しばし縋っていたヴォルトの手が滑り落ちた。

シーツにとさりと落ちた音がやけに耳に響く。

「そんな……！　お姉様、わた、し……、本当に……っ」

「プリシラ、落ち着きなさい！」

ようやく事態を理解した王女が取り乱し始めた。このままではお腹の子に影響すると判断したのか、医者と侍女によって部屋から連れ出された。

プリシラの悲痛な叫びが扉の向こうから聞こえてくる。

だが、もうこれは起こってしまったこと――仕方がないのだ。

「しばらく、一人にしていただけますか」

「……あぁ、まずはしっかり養生するといい」

国王が全員に退室を促す。しかしラナの右側にある気配は動こうとしない。国王がヴォルトへ名指しで命じると、ようやく俯いたまま立ち上がった。

ラナの婚約者はマントを翻し、こちらを一度も振り返ることなく足早に扉の向こう側へ、と消えていった。

部屋に静寂が訪れる。

衝撃的な出来事の連続に、正直まだ理解が追い付いていなかった。

それでも、はっきりとわかっていることが一つだけある。

左手の自由を失ったラナは、女王として、そしてヴォルトの結婚相手として選ばれることはないのだ。

「……夢をみた罰ね」

布団を捲って動く気配のない左手を見下ろし、ふっと嘲笑を浮かべた。

第四章　希望の萌芽

王宮で起こった衝撃的な事件からそろそろひと月が経とうとしている。

ベッドから起き上がる許可が出たものの、ラナは未だに仕事に関係した面会以外は断っている。それでも侍女のフィリニが折に触れて教えてくれるので状況は把握していた。

王女襲撃の実行犯、アゼルの身柄はラモルテに移され、皇国の法に則って処分を受けることとなった。この判断に国王が難色を示したがそれには理由がある。

プリシラは皇太子と婚約しているとはいえ、まだ皇族の一員としては認められていないので皇族反逆罪には問えない。一方でスカラファリアでは王族へ刃を向けるのはこの上ない大罪として処分ができるのだ。

だが、この件は皇帝からそれと同等の罰を与えるという書状が届けられたことで丸く収められた。

そして、騒動に巻き込んだお詫びとして皇国から数名の医者がやって来た。彼らはラナの傷の治療とプリシラの健康管理を任されており、医療の先進国でもある皇国の知識が得られると王宮医師達も大喜びしていた。

ラナは解毒用に処方してもらった薬を飲みつつリハビリを始めている。だが、まだ痛みが強いせいもあり成果は芳しいものではない。ラモルテの医者からはとにかく無理のない範囲で筋肉を動かすように言われ、フィリニの手を借りて左腕を曲げ伸ばしするのが日課となっていた。

専属の侍女は熱心に世話をしてくれているが、仮に左腕が動くようになったとしても「王笏の誓い」を行えるまでにはならないだろう。そんな諦めがずっと胸に居座り、ラナ自身はあまりリハビリに積極的になれないでいた。

「宰相補を辞めて、どこかに移住しようかしら……」

公爵家にはある程度の資産がある。城下町にある邸宅を売り払えばそれなりの生活が送れるだろう。漠然とした考えにフィリニがすかさず反応した。

「いいですね！　私の故郷は田舎ですけど気候も穏やかなのでお薦めでございます」

家族総出でお仕えします！　と宣言され、ラナは思わず苦笑いを浮かべる。

「貴女は王都に残らないといけないでしょう？　サイラスがいるんだから」

「ええっと、それは……」

フィリニにはサイラスという恋人がいる。王宮勤めの警備兵なのでちょっとした暇を見つけて逢瀬を重ね、愛を育んでいるのだろう。

こうやって指摘するのは初めてなので、もしかするとラナには知られていないと思っていたのかもしれない。みるみるうちに頬を染める様に声を上げて笑ってしまった。

こんな風に笑うのはいつぶりだろう。フィリニは照れくさいのを隠す為か膨れっ面をしている。

「そっ……それでしたら、サイラスも連れていきます！　警備の者が必要でしょうし、きっとお願いすればいいよって言ってくれるはずですからっ!!」

フィリニもまた、サイラスに選ばれている。だからそんな我儘も平気で言えるのだろう。羨望を押し隠し「ありがとう」と微笑んだ。

きっとこの先もラナが選ばれる日は訪れない。それならいっそ、すべてを手放そう。

そう考えた途端、ふっと胸が軽くなった気がした。

◇◆◇

その日、ラナが朝日の昇る直前に目覚めたのは、昨晩早めに休んだせいだろう。寝直そうかとも考えたが頭がすっきりとしているのでそれも難しそうだった。

ベッドから抜け出し、まずは空気でも入れ替えようとカーテンを開く。明るくなりつつある庭園を見るともなしに眺めていると、そこを歩く人影を見つけた。

「え……？」

早朝の庭園に王女の騎士がなんの用事だろうか。ラナの疑問を他所に、騎士服ではなくシンプルな練習着に身を包んだヴォルトは中央にある温室へと入っていった。目を凝らしてみたものの、残念ながら遠すぎて中の様子はわからない。

しばらくして再び温室の扉が開かれた。何本かの花を携えたヴォルトが今度は庭園をあちこち歩き回り、開く寸前の蕾を付けたものばかりを選んで切っている。

望む数が集まったのかこちらの方へと歩いてきた。集めた花を抱きかかえるようにして運んでいる。ラナは慌ててカーテンの陰に身を隠し、テラスから王宮へと戻る姿を見つめていた。

あの花は誰のために選んだのだろうか。あぁ、もしかすると知らなかっただけで、これまでもずっとプリシラの為に摘んでいたのかもしれない。不意に湧き上がってきた期待を胸の奥に押し戻し、ラナは窓から離れるとベッドに戻った。

数時間後――。

朝食を終え、身支度を整えようと部屋に戻った瞬間、びくりと身を強張らせた。

ベッドの脇に飾られた花瓶には、つい先ほどまで綺麗に咲いたものが生けられていたはず。それが今は、綻ぶ寸前の花々へと変わっている。しかもその色合いには見覚えがあった。

これまで周囲の変化に気付く余裕はなかったが、一体いつから……？

いや、たまたま庭師が選んだ花が似ていただけで、ラナの勘違いかもしれない。単なる偶然だろうと思い込もうとしたが、つい翌朝も早起きして庭園の様子を窺ってしまう。

今朝のヴォルトは温室からさっさと出てきた。どうやらお目当てのものがなかったらしい。二本の濃い紫色をした花を手に、またもや庭園を歩きはじめた。黄色や淡いオレンジ色の花をメインに選んでいたように見えたが、いつの間にか部屋の花が同じ彩りのものへと変わっていた。

密かに早起きして観察を続けて五日目。

遂にラナはフィリニへ、部屋に飾られた花は誰が用意しているのかを尋ねた。

「実は、その……キーショア様から何度も面会の申し入れがあったのですが、ずっとお断りしておりました」

「そう、それで？」

「しばらくしてから、せめて花だけでも傍に飾ってほしいと仰いまして……毎朝、届けに来てくださっています」

フィリニはラナに気を遣って黙っていたのだろう。責めるつもりはないので「教えてくれてありがとう」とだけ告げて仕事に戻った。だが、手にした書類の内容はまったく頭に入ってこない。

広い庭園の中から咲く直前の花を探すのは相当な手間と時間が掛かる。ヴォルトは毎朝、どんな気持ちでこれらを選んでいるのだろうか。

婚約者ではなくなるというのに、そこまでしてくれる理由がわからない。腕に抱えた花束へ顔を寄せる姿を思い出した瞬間、胸がぎゅっと締め付けられた。

ここまで気遣ってくれる彼とは、お礼も兼ねて一度話をするべきかもしれない。そう思いつつもどうしても口にする勇気が湧いてこなかった。

静かな早朝の庭園に意外な人物が現れたのは、ラナが部屋を飾る花の真実を知ってから一週間後のことだった。

今ではすっかり早めに起きて窓からヴォルトの姿を眺めるのが習慣になっている。今日は明るいオレンジ色の薔薇をメインにしたものにするつもりらしい。足早に戻ってくる姿を見つめながら、それらが満開になる様を想像し、ふっと唇を綻ばせる。

――ヴォルトの歩みが突然止まった。正面を向いたまま動かなくなったので、誰かに呼び止められたのだろうか。

「……殿下？」

王宮の方から金の髪を弾ませてプリシラが駆け寄ってくる。その後ろを二人の侍女が追ってきた。二人は何やら立ち話をしているが、窓越しなので内容はまったくわからない。

固唾を飲んで見つめていると、王女が両手で顔を覆ってその場にしゃがみ込んだ。細い肩を震わせて泣くプリシラの姿は、誰もが隣に膝をつき必死で慰めたくなるほど悲愴感に満ちている。

ましてやヴォルトは王女専属の騎士だ。当然そうすると思いきや、立ったままその様を冷ややかに見下ろすだけ。助け起こすどころか手を差し伸べることすらせず、二、三言告げるなり横をすり抜けて去っていった。

どうして、大事にしていたはずの王女へあんな冷たい態度を取るの……？

侍女に抱えられるようにして歩き始めたプリシラを眺めながら、鼓動が徐々に激しくなっていくのを感じる。

だが、未だに動く気配のない左腕の存在が期待の萌芽を呆気なく押し潰した。

◇◆◇

「キーショア家だが、まだラナが王位に就く可能性がある限りは婚約解消に同意しないそうだ」

訪れた宰相の言葉にカップを持つ手がびくりと揺れた。中身はほとんど残っていなかったので零れる心配はなかったが、動揺した姿を晒してしまい恥ずかしくなる。だが、宰相は表情を変えることなく言葉を続けた。

「どうもヴォルト本人が頑なに拒んでいるらしい。辺境伯も説得したが無駄だったと言っていた」

「そう、ですか……」

彼は幼い頃から次期女王の夫としての教育を受けてきた。今更それを反故にされるのは我慢ならないのだろう。

いや、もしかすると理由はそれだけでなく——。

浮かんできた考えを振り払い、ラナは三角巾で吊った左腕をそっと撫でる。

「わたくしが、キーショア様とお話しいたします」

「そうだな。きっとそれがお互いの為だろう」

これ以上の先延ばしは周りに迷惑が掛かる。遂にラナは腹を括り、フィリニに言伝を頼むと決めた。

そして翌日——。

午後の早い時間で都合のいい日を、と伝えたはずが、すぐに会えると返事があった。

王女の護衛任務は大丈夫なのかと心配になったものの、ヴォルトがそう言うのであれば受け入れるより他はない。

ラナは久しぶりにデイドレスを着て髪を緩くまとめ、しっかりと化粧を施してから婚約者との茶会に臨んだ。

「フィリニ、三角巾を外してちょうだい」

「かしこまりました。ですが、お辛くはないですか？」

「少しの時間なら平気よ」

動かない左手は血が滞りやすく、油断するとすぐに手が浮腫《むく》んで指先までぱんぱんになってしまう。それを避ける為にリハビリの時以外は三角巾で吊っているのだが、ヴォルトにはなんとなくその姿を見せたくなかった。

約束の時間ぴったりに扉がノックされる。ラナは返事をしながらすっと立ち上がった。

「お招きいただき、ありがとうございます」

「こちらこそ、貴重なお時間をいただきましたことを感謝いたします」

久しぶりに間近で見た彼は少し痩せたようだ。定型通りの挨拶を済ませ、ソファーへと案内する。動かない腕に手を添えて腰を下ろす姿に食い入るような眼差しが向けられているのを感じた。

決してスマートな所作ではないので、やはり吊っておいた方がよかっただろうか。とはいえ、フィリニはお茶の準備に取り掛かっているので結んでもらうのは難しそうだ。

やがてティーカップが二つ、テーブルに音もなく置かれる。ヴォルトはそちらに注意を払う様子もなく、ただひたすら真っ直ぐにラナを見つめていた。

カップを持つ手が震える。だが少なめに注いでくれたお陰で零すことなく口を付ける。鼻腔を満たす爽やかな香りが動揺を優しく鎮めてくれた。茶会では招いた方がお茶を飲んだら一回はそれに倣うというルールがある。ヴォルトはソーサーごとティーカップを持ち上げると優雅な所作で紅茶を一口飲んだ。

きっとこの動きも「女王の夫」として相応しい振る舞いを叩きこまれた結果なのだろう。ここまで苦労してきたヴォルトに事実を告げるのは胸が痛む。だが、これを乗り越えなければお互いの為にならないだろう。

「後はいいわ。下がっていてちょうだい」

「はい。失礼いたします」

ラナの手元に呼び出し用のベルを置き、フィリニが退室していく。ヴォルトと二人きりになるのは大いに気が引けたが、少なくとも今はまだ婚約者なのだ。後ろ暗さを感じる必要はないのだと自分に言い聞かせた。

「……お加減はいかがですか」

静かな問いかけに心臓が早鐘を打ち始める。身支度をしている頃からずっと続いていた緊張がピークを迎え、むしろ冷静になってきた。

ラナは膝の上で両手を揃え、ヴォルトを見つめる。うっすらと笑みを浮かべるとテーブル越しに薄い唇が引き結ばれた。

「お陰様で傷は癒えつつあります。痛み止めを飲む必要がない日もありますので、経過は順調だと言ってよいかと」

「それは、なによりです」

ヴォルトの顔からふっと強張りが抜け、代わりに淡い笑みが浮かぶ。まるで心の底から安堵しているかのような表情に申し訳ない気持ちが湧き上がってきた。

止血を初めとした一連の処置が迅速に行われたお陰で貧血にもならず、傷の治りそのものはとても良好だと毎日の診察で言われている。

問題は——ただ一つ。

「ですが、未だに指先すら満足に動かす事ができません。神経は傷ついていませんので、おそらく……毒の影響ではないかと」

傷が完全に塞がっていないので、リハビリは大きな筋肉より先に指先など傷口への影響が少ない場所から始められている。だが、ラナはまだ物を掴む事はおろか、自分の思う通りにすら動かせていなかった。

個人差はあれどあまりにも回復が遅すぎる。リハビリ指導の担当医から毒の影響が大きいのかもしれない、と言われていた。

原因についてはもう一つの可能性——心理面の問題も指摘されていたが、それを伝えるつもりはない。

ラナの目的はただひとつ。ヴォルトを盟約から解放してやる事。これまで王族の事情に振り回され続けた彼には平穏な日々を送って欲しかった。

左腕が動かなければ王位継承の儀には臨めない。新たに生まれた国王の人となりを知るものとされる「王笏の誓い」をこなさなくては、スカラファリア王国の玉座には就けないのだ。

「わたくしが王位を継承できる可能性はほぼありません。ですから、キーショア様との婚約も解消するのが妥当で……」

「お断りします」

ラナの提案は低い声によって遮られた。礼儀を重んじる騎士らしからぬ振る舞いに言葉を繋げないでいると、ヴォルトがソファーから静かに立ち上がった。

身体への負担が少ないという理由からラナは一人掛けのカウチソファーに座っている。傍らに跪《ひざまず》いた男は深い紫色の瞳に懇願の色を乗せた。

「私は女王の夫になりたいのではありません。貴女の……唯一になりたいのです」

漆黒の手袋を指先から乱暴に引き抜くと胸ポケットに押し込む。ラナの内側を知る指が逃れる力を失った左手に触れた。

「ラナが望まないのであれば女王にならなくてもいい。静かに暮らしたいのであれば何処にでも共に赴きます」

堰を切ったように語るのは、本当にあの寡黙な王女の騎士だろうか。しかしこちらを見上げる銀髪の間から覗く顔は、間違いなく一度は結ばれることを諦めた男のそれと同じだった。

「生涯結婚をしないというのであれば構いません。騎士としてでも従者としてでも構わない。貴女の傍に……私の居場所を作ってください」

飾り気などないまっすぐな言葉と眼差しに、ラナは思わず息を呑む。

これまでのラナであれば、すべては盟約を果たす為の嘘だと否定できた。

だけど先日、大事にしてきたはずの王女を冷たくあしらうのを目にしてから、その確信が揺らいでしまう。

「私は二度と、貴女の名を呼ぶ権利を失いたくないのです」

左手を包む指に力が入り、微かな痛みが伝えられる。

あぁどうして、熱や痛みを感じられるというのに動かないの。静かな苛立ちがこみ上げてきたラナの視界で左手が持ち上げられた。

こちらを見上げたまま、ヴォルトが手にしたものへと唇を寄せる。

手の甲に柔らかな熱が押し当てられた途端——キスされた場所から痺れが駆け上がり、腕がびくりと大きく揺れた。

「………え?」

驚きと戸惑いの混じった呟きがラナの唇から零れ落ちる。

口付けたヴォルトもまた目を瞠ったまま動きを止めた。

これまでずっと、どんなに頑張って力を入れても微動だにしなかったというのに。

「ラナ……」

「どう、して……」

不意に起こった出来事に理解が追い付かない。だが身体の方はその衝撃に対して素直に反応していた。

右手にぽたりと雫が一つ、また一つと落ちてきて、ようやく自分が泣いているのだと気付いた。ヴォルトはしっかりと左手を握って立ち上がり、ラナをきつく抱きしめる。

「きっと動くようになりますよ」

「ほんとう、に……?」

「はい。私が傍についてお手伝いします。だからどうか、玉座を諦めないでください」

耳元へと寄せられた唇が言い聞かせるように囁く。

本当に腕は動くだろうか。

そうすれば「王笏の誓い」をこなして女王になり、ヴォルトと――。

まだどこにも確かなものはない。

だけど唯ひとつ、この温もりだけは失いたくないと、初めて心の底から願った。

◇◆◇

襲撃事件から二ヶ月後、宰相補であり一度は抜けた王籍に戻った公女が仕事への復帰を果たした。

まだ体調と相談した上での勤務だったが、有能な人材が抜けた穴は大きかったので文官達からは大いに喜ばれ、その歓迎ぶりに戸惑いを隠せなかったのだが。

復帰するにあたり、もう一つ大きな変化があった。

体調に合わせて仕事を調整する役目として、ラナの傍には婚約者であるヴォルト・キーショアが従者のように付き従っている。すべての書類は彼を経由して受け渡され、ラナへ相談する際もまずはヴォルトに話を通さなくてはならない。

あれではまるで飼い主を護る番犬だ、と陰で揶揄《やゆ》する者もいたが、まさにそんな役割を果たしていた。

その日はリハビリがあるので王宮の執務室へは行かず、公爵家にあるラナの書斎で仕事をこなしていた。

「あっ……」

慌てて手を伸ばしたが間に合わず、インク壺が倒れた。漆黒に艶めく液体がぶつかった左手首とブラウスの袖を染める。元の位置に戻そうとしたが、隣から伸びてきた手によって制された。

「お怪我はありませんか」

「平気よ。ごめんなさい、油断していたわ」

「書類も無事ですし、お気になさらず」

ヴォルトが吸い取り紙を使って素早く片付けてくれた。自分ではインク壺を超える高さまで腕を上げたつもりだったのに、想像以上に力が入っていなかったらしい。そちらを見ていなかったせいで確認が遅れ、結果的に倒してしまった。

危ないのでインク壺の場所を変えるべきだろうか。少し落ち込みながら配置を考えつつ着替えの用意を頼む為にベルへと手を伸ばした。

「お呼びでしょうか」

間もなく扉が控えめにノックされた。このブラウスは着心地が良くて気に入っていたので、インクがちゃんと落ちるといいのだが。

「ごめんなさい、あの……」

「ラナがインクで袖を汚してしまった。替えのブラウスを持ってきてくれ」

ヴォルトの言葉に思わず唖然とする。ブラウスを——持ってくる？

その後はどうするつもりなのか、尋ねるより先に「承知いたしました」とフィリニが一礼して出て行った。

「折角なので訓練いたしましょう」

「訓練？」

「ボタンの掛け外しには指先に力を入れる必要がありますから」

それは、つまり……？

言わんとしていることに遅ればせながら気付き、ぱっと頬を染めたラナに艶やかな笑みが向けられた。

しかしヴォルトはノックの音にすっと表情を戻し、扉へと向かっていく。侍女から受け取ったものを手に戻ってくると、今度はラナをソファーに誘導した。

「ヴォルト、あの……頑張ってみるわ。だから……」

しばらく一人にして、と頼むと怪訝そうに眉根を寄せられる。

「なぜですか？」

「着替えを見せるのは、恥ずかしいもの」

「私達は婚約しているのですよ？　それに、今更ではありませんか」

ひそめた声で告げられ、顔が更に火照ってくる。ヴォルトは唇に緩やかな弧を描かせると袖口のボタンを外してくれた。

「残りはご自身で頑張ってみてください」

「わかったわ……」

隣に座ってこちらを見つめるヴォルトを意識から追い出し、ラナは一番上のボタンに指先で触れた。やはり手の左右で感覚が違うので、こういった両手を使う動作はなかなか難しい。

ヴォルトが関わってからというもの、リハビリは順調に進んでいた。未だに持てるのは水の入ったグラスがせいぜいだが、ぴくりとも動かなかった期間が長かっただけにここまで機能が戻るのは珍しいと言われた。

だが、ラナの婚約者は宣言した通り「王笏の誓い」を行えるまで回復させるつもりだという。ほんの少しでも空き時間を見つけると、すぐに簡単なリハビリが始められるのが常だった。

種類はその時々によって違うが、すべて医師に確認済みだ。ラナの為に熱心に話を聞く姿は見ているだけで涙が出そうになる。

普段は毛糸で編んだボールなどを使っているが、ちょっとした待ち時間ではヴォルト自身が道具になる。指を搦めて手を繋ぎ、外れないよう強く握る訓練には色んな意味で苦労していた。

指先を使う練習は機能の回復に有効だとはわかっているが、まさかヴォルトの前でブラウスを脱ぐ羽目になるとは思わなかった。だが、もとはと言えばラナがインク壺を倒したせいなので、ある意味では自業自得なのだろう。

平たくて丸いボタンと格闘すること三十分。ようやくすべてを外し終えると思わずふぅと小さく息を漏らした。

「一番上が難しかったわ……」

「そのようですね。でも、よく頑張りました」

ヴォルトが額に薄く浮かんだ汗を撫でるようにして拭ってくれる。褒められるのはいくつになっても嬉しい。ラナが満足げに微笑むと、笑みの形を取った唇が眦に押し当てられた。

「ラナ、こちらに」

「え……きゃっ」

ソファーに並んで座っていたはずが、ヴォルトの太ももを跨いで向かい合わせにされる。戸惑うラナの胸元にひやりとした空気が侵入してきた。

「脱がせますね」

「ええ……」

ヴォルトは両手を肩口に滑り込ませ、両腕を同時に抜いてブラウスを落とした。

中にはキャミソールを着ているので見えている素肌の面積は少ないが、いつもは隠れている場所を晒すのはやっぱり恥ずかしい。

それに――まだ左肩は念のためにと包帯に覆われている。いくら丁寧に縫ってもらったとはいえ、しばらくは傷痕が目立ってしまう。ヴォルトは早くも傷を隠せるドレスを様々な仕立屋にデザインさせているらしい、とフィリニがこっそり教えてくれた。

包帯がずれやすいのでわざと広い範囲で巻かれているのだが、ヴォルトの目にはそれが痛々しく映っているのだろう。包帯の上へと躊躇いがちに手がそっと乗せられる。傷に刺激を与えないよう、表面に軽く添えるだけの触れ方が逆にくすぐったい。

「申し訳ありません、痛みますか?」

「いいえ。大丈夫よ」

腕を動かすと引き攣れた感覚があるものの、それは痛みとは別物だ。ラナの左肩に巻かれた純白の布を見つめながらヴォルトがぽつりと呟く。

「あの日、休暇を取っていた自分を恨みます……」

後悔を滲ませた声にラナはすかさず反応した。

「それは違うわ。きっと貴方が不在だったからこそ、あの日に実行されたのよ」

専属の騎士ならきっとプリシラの不自然な動きを素早く察知していただろう。だからこそ、あのアゼルという女官もヴォルトがいない隙を狙ったはず。

つまりあの事件は避けられなかった——仕方のないことだったのだ。

ヴォルトの腕がラナの身体を緩やかに囲う。そっと引き寄せられると肩と包帯の境目に労わるような口付けが与えられた。

「んっ……」

皮膚の薄い場所に強く吸い付かれ、思わずラナは甘い声を上げる。それに気をよくしたのか、首筋を柔く食まれた。

「ヴォル……っト、まだ……しご、と……っ、やっ………あぁっ」

首筋から滑り落ちた唇が鎖骨に徴《しるし》を刻む。それだけでは満足しなかったのか、キャミソールを軽く引き下げて胸元にも同じものを残した。

「ラナと結婚する日が待ち遠しいです。一日も早く、貴女の伴侶になりたい……」

甘い囁きはラナの不安を優しく溶かしてくれる。ぎこちなく首元に腕を回せば、紫の瞳がとろりと目尻を下げた。

「私、もっと頑張るわ」

「ラナはもう十分に頑張っています。どうか無理はしないでください」

「でも……急がないといけないでしょう？」

先日、ラナとヴォルトは国王から呼び出され、結婚と同時に王位継承も済ませたいと告げられた。

——私はもう、疲れてしまったよ。

スカラファァリアの現王、オルセーもまた運命を狂わされた一人だった。

王族とはいえ次男の彼は、将来を嘱望される兄を王弟として陰ながら支えるはずだった。

元々人前に出るのをあまり好まなかったというのに、突如として表舞台へと引きずり出されたのだ。

情勢が安定しているという理由により夜会で見初めた子爵令嬢であるマデリンと婚姻を結んでいたが、彼女もまた突然王太子妃としての振る舞いを覚えなければならなくなった。

王族である以上は玉座を預かる可能性はあったとはいえ、オルセーにとっても青天の霹靂だったのは想像に難くない。そんな状況でありながら、よくここまで持ち堪えてくれたと言わざるを得なかった。

ラナが王位継承権を得たことで、早々に玉座を譲ると決めたのだろう。ようやく兄上に返せる、と笑う顔は安堵に満ちていて、ラナはなにも言えなくなってしまった。

第五章　薔薇の真実

プリシラにとって、従姉であるラナとの最も古い記憶は王宮の中庭での出来事だった。

乳母と散歩をしていると四阿《あずまや》で一人の少女が本を読んでいた。ベンチに姿勢よく座り、難しそうな本を手にした彼女を見つけるなり、プリシラは乳母の手を振りほどいて駆け出した。

「プリシラ様！　走らないでくださいませっ!!」

乳母の甲高い声にラナの顔がぱっと上がった。大きく見開かれた琥珀色《こはくいろ》の瞳がプリシラを捉え、手にした本が素早く傍らに置かれる。立ち上がった従姉の胸に飛び込むとしっかり抱き留められた。

「おねえさまっ、遊びましょ！」

「いいわよ。でも、その前に約束してほしいことがあるの」

「なぁに？」

ラナがプリシラと両手を繋いだまま膝を折った。目線の高さを合わせると柔らかな笑みを浮かべる。

「一人で走るのはとても危険よ。貴女が転んで怪我をしたら皆が悲しむわ」

「そうなの？　おねえさまも悲しい？」

「ええ、もちろん」

「わかったわ。約束するっ！」

プリシラの乳母は叱る時に大きな声を出す。それが嫌でいつもこっそり耳を塞いでやり過ごしていたのだが、ラナの諭すような注意は不思議と素直に受け入れられた。

ラナは「プリシラはいい子ね」と褒めてからベンチの隣に座らせてくれた。そして顔を覗き込み、どんな遊びをしたいのかを訊ねてくれる。

少し年上の従姉は王位継承者として厳しい教育を受けているので、同じ王宮に住んでいるはずなのに滅多に会えない。けれどこうやって顔を合わせれば、プリシラの話に熱心に耳を傾け、一緒に遊んでくれる。少ない自由時間を自分の為に使ってくれるラナが大好きだった。

そんな従姉はプリシラが六歳になって間もなく、なにも告げずに王宮から姿を消した。

行き先は修道院だと聞き、それもまた女王になる為の勉強なのだろうと、帰ってくる日を楽しみにしていた矢先、伯父であるラナの父親が重い病に罹っていると発表された。

それからというもの、王宮の雰囲気は重苦しいものになり、プリシラの生活までもが一変した。

父親がにわかに忙しくなり、これまで欠かさず三人で囲んでいた夕食の席にもほとんど顔を出さない。そして母親のもとには大勢の人が出入りするようになったせいで、プリシラは乳母と共に私室で過ごしてばかりいた。

お父様とお話ししたい、お母様の部屋で一緒におやつを食べたい。

——おねえさまに会いたい。

まだ幼かったプリシラは泣きながら訴えたが、周りは新しいおもちゃやお菓子を使って宥めてくれるだけ。ただひとつも望みが叶うことはなかった。

そして間もなく、プリシラ自身にも変化の波が押し寄せてきた。

ようやく一人ぼっちの寂しさに慣れてきたある日、私室で乳母とお絵描きをしていると母であるマデリンがやって来た。

夕食まで会えないと思っていたプリシラはペンを放り出して抱きつく。いつもなら抱きしめ返してくれるというのになぜかやんわりと引き剝がされ、戸惑っていると後ろに見覚えのある女官が無表情で立っていた。

「プリシラ様には、明日から王位継承者としての教育を受けていただきます」

そう言われて思い出した。「そろそろ授業のお時間です」と言ってラナと遊んでいるのを邪魔してきた人……！

もう少し遊びたいと食い下がるプリシラをいつも冷ややかに見つめていた。てっきりラナと一緒に修道院に行っていると思っていたのに。

「どうして私が？　おねえさまがいるじゃない」

ラナは未だに修道院に行ったまま。王宮に一度も戻ってきていないけれど、ずっと勉強を頑張っているはず。それなのに、どうして自分まで授業を受けなくてはいけないのかがわからない。

女官は無邪気な質問に無言のままマデリンを見つめる。その眼差しはやけに鋭くて、まるでプリシラの母を責めているように見えた。

「残念だけど……ラナはもう、女王にはなれないの」

そういえば先日、父親が「おうたいし」になったと教えられた。それが関係しているのかと問えば、王太子妃となったマデリンが悲し気な顔で頷く。

「プリシラ、貴女はいずれスカラファリアの女王になる。その為にも今からお勉強しなくてはいけないのよ」

「嫌よ。私はおねえさまみたいにはなりたくない！」

ラナにどうしても会いたいと我儘を言い、プリシラは一度だけ授業をこっそり覗かせてもらったことがある。そこには十歳に満たない少女が複数の大人に囲まれ、厳しい言葉を容赦なく浴びせかけられるという光景が広がっていた。

あの時はラナが虐められていると思い込み、プリシラは部屋に乱入するなり「おねえさまを虐めないで！」と猛然と抗議してしまった。

ラナが慌てて自分が言われた通りに出来ないせいで注意されたのだと説明してくれたが、仮にそうであってもプリシラにはとても耐えられそうもない。あんな厳しい授業なんか絶対に受けられないし受けたくないと言い張ったが、両親と乳母の説得に渋々折れるしかなかった。

翌日からプリシラはお人形の代わりに教科書を持ち、庭園を散歩する代わりにホールでダンスやマナーのレッスンを受けはじめた。

勉強はつまらない上に興味がないからなかなか覚えられず、レッスンも厳しすぎてちっとも楽しくない。あまりの辛さに父親へ涙ながらに訴えると、無理のない範囲で学ぶことを赦された。

これで少しは楽になると安堵した矢先、教育係の女官達が相談している場に偶然通りかかった。どうやらプリシラへの教育について話し合っているようで、柱の陰に隠れてこっそりと様子を窺う。

「困りましたね。これではとても間に合いません」

ただでさえ予定より遅れているのに量を減らすように命じられ、困り果てているのが伝わってくる。プリシラだって頑張ってはいるけれど、嫌なものは嫌なのだ。

柱に隠れたまま無言で膨れていると、女官の一人が大きく溜息をついた。

「ラナ様はとても勉強熱心でしたし、覚えもよかったのですが……」

「従姉妹といえど、雲泥の差がありますね」

「ラナ様が王籍から抜けた件は、国王陛下も非常に残念がっているようです」

プリシラがラナよりも出来が悪いなんて、教育を始める前から予想できたはず。それを嘆かれたってどうしようもない。

両親が「エメラルドのようだ」と褒めてくれる緑の瞳にじわりと涙が浮かんだ。

私は――女王になんてなりたくない。

プリシラは自分を大事にしてくれる人達に囲まれて暮らすのが夢だった。けれど、女王になったらそんなささやかな願いすら叶わなくなる。

どうしたら玉座に就かずに済むか、折に触れて考えているうちにラナの父親が亡くなった。葬儀には修道院で暮らすラナも参列していたらしいが、すべてが終わってから知らされたので会うことは叶わなかった。

翌年には祖父である国王が突然の病で亡くなり、父のオルセーが王位に就いた。それに伴い、プリシラも「王女殿下」と呼ばれる立場へと変わった。

そして八歳の誕生日を祝うパーティーの席で、プリシラは将来の夫を紹介されたのだ。

「王女殿下にご挨拶申し上げます。私はキーショア伯爵家の次男、ヴォルト・キーショアでございます」

銀の髪に深い紫色の瞳をした少年は十歳とは思えないほど大人びている。辺境伯の次男である彼は、先王の時代の盟約によって取り決められた結婚相手。挨拶こそ礼儀正しかったものの、その後はプリシラの質問に淡々と答えるだけだった。

顔合わせを済ませて以降は定期的に会う機会が設けられ、お茶を飲みながら自分のことを話したりヴォルトにあれこれ訊ねたりしていた。それを繰り返した結果、お互いに相手に関しての情報は徐々に増えていく。

だが、心の距離は出会った時から一向に縮まることはなかった。

王女が十歳になると、ヴォルトは専属の騎士として傍に控えるようになったが、いずれ夫婦になるなんてとても想像ができない。プリシラの我儘を諫める彼の存在は、面倒見のいい兄のようだった。

王女と騎士が日々の行動を共にしはじめて一年。傍目には二人は良好な関係を築いているように見えていただろう。プリシラはヴォルトを信頼しているし、好きか嫌いかで分類するのであれば「好き」だと言える。但しその感情は男女の愛情ではなく、家族愛に近いものだった。

そもそもプリシラ自身は恋を知らない。幼い頃に読んでもらった絵本では、お姫様や貧しくとも前向きな姿勢で暮らす女の子が素敵な王子様と出会う、そんなお話に密かに胸をときめかせていた。

いつか自分のもとにもそう思える相手がやって来るに違いない。まだ見ぬ恋の相手を心待ちにしていたというのに、結婚相手だと紹介された端整な顔をした少年には、残念ながらそういった感情を抱けなかった。

そしてヴォルトもまた、自分と同じく恋を知らないのだろうと思っていた。

——それが間違いだったと気付いたのは、王宮の中庭を散歩している時だった。

数日間降り続いた雨が上がり、葉の先や花びらの奥に水滴が残っているせいで庭全体がキラキラして見える。爽やかな空気を胸いっぱいに吸い込んでいると、静かな声でヴォルトから注意が入った。

「プリシラ様、そのような振る舞いは淑女らしくありません」

「いいじゃない。誰も見ていないのだから」

プリシラもそのあたりはちゃんと気をつけている。今だって王宮側から見ると生垣で身体が隠れる場所を選んで両手を大きく広げた。ぷうっと膨れっ面になると王女の専属騎士であるヴォルト・キーショアはすっと眉根を寄せる。

「そのお顔をなさるのもお止めくださいと前に申したはずです」

プリシラの未来の夫はとにかく立ち居振る舞いに厳しく、時々淑女マナー教育を担当する女官が一緒にいるのかと思えるほどだ。これ以上は抵抗した所で無意味だと悟り、わざとらしいくらいにっこり微笑んでみせた。

「いっそ、この顔の仮面でも作ろうかしら？」

「名案ですね。私の手間も省けます」

どんなに憎まれ口を叩こうと到底ヴォルトには敵わない。それがわかっていてもプリシラはなにか言ってやらないと気が済まなかった。

満面の笑みを貼り付けたままくるりと向きを変え、そろそろ見頃だという薔薇園の方へ足を一歩踏み出す。そうするといつものように騎士の手が差し伸べられた。

庭園の歩道は石畳が敷かれてはいるが、小さな隆起や陥没した部分が所々にある。次代の国王となる王女が転んでは一大事だと、ここを歩く時は必ず誰かの手を借りるように女官からしっかりと釘を刺されている。

だから任務に忠実なヴォルトはその指示に従っているに過ぎないのだが、周囲からは未来の夫婦として微笑ましい目で見られているのが、正直居心地が悪かった。きっと彼も同じ気持ちなのだろう。その証拠にプリシラを支える手は常に革の手袋に覆われ、肌が触れ合うのを徹底的に避けられていた。

遠くない未来、プリシラはスカラファァリア王国の女王になる。そして盟約によって定められた相手と結婚しなくてはならないのだ。

そのどちらも未だに実感が湧いていない。時期がくれば嫌でも覚悟を決めなければならないのだろうかとぼんやり考えているうちに目的の場所に着いた。

スカラファリアは様々な植物から香油を製造する技術に優れている。その瑞々しくも芳醇な香りを閉じ込めた香水は近隣諸国から需要があり、重要な外貨獲得の手段だと教えられていた。

特に薔薇を使ったものは人気があり、非常に高値で取引されている。王宮の薔薇園には原料となる全ての品種が栽培されていて、プリシラは勉強やレッスンの合間に豪華な花々が咲き誇る光景を眺めるのが大好きだった。

ちょうど満開になった濃いピンク色をした大輪の薔薇をしばし眺め、この後にある憂鬱なマナーレッスンへの気力を養う。

そろそろ戻る時間ではないだろうか。ヴォルトがなにも言ってこないのを不思議に思い、隣を見上げたプリシラは小さく息を呑んだ。

王女専属の護衛騎士であり、いずれは女王を支える夫となる辺境伯の次男、ヴォルト・キーショアはとても静かな少年だった。無口であまり表情を変えず、正直なにを考えているのかよくわからない。それでもプリシラの足りない部分を補佐してくれる心強い味方だった。

常に己の職務を忘れないはずの彼が、薔薇の向こう側を見つめたまま動きを止めていた。瞬きも、呼吸すらも忘れ、食い入るようになにかを見ている。そこにあるものを確かめようとプリシラが視線を追うと、文官服を着た集団が目に入った。

先頭で話しているのは年配の男性で、それ以外の面々は男女共に十代半ばと若そうに見える。着ている制服も真新しいのでおそらく新人なのだろう。

どうしてヴォルトが彼らに熱い眼差しを向けているのか。しばし眺めていると、その中に明るい茶色の髪を見つけた。

一つに緩く編んでまとめた髪がほっそりとした背で揺れている。老文官の案内で回廊へと移動を始めたその横顔を見た瞬間――自然と口から零れ落ちた。

「ラナ、お姉様……？」

記憶よりも細身だけど、すっと通った鼻筋と切れ長の瞳は昔のまま。

間違いない。新人文官に交じって歩く彼女は、ある日突然姿を消した優しくて大好きだった従姉だ。

咄嗟に駆け出そうとしたプリシラは、腕を引かれてバランスを崩す。倒れそうになった身体は素早く腰に回された腕によって支えられた。

「ヴォルト、放してっ！」

「なりません」

どんなに抵抗してもヴォルトの拘束はびくともしない。そうこうしているうちに新人文官の集団はどんどん離れていく。このままではいつまた会えるかわからない。必死で藻掻くプリシラを制止する力が更に強められた。

「どう、して……っ⁉」

あれほど熱心に見つめていたのだから、きっとヴォルトだってラナに会いたかったに違いない。プリシラが向かえば騎士である彼も必然的に付いてこられるというのに、どうして止めるのか、まるでわからなかった。

「そろそろ授業に向かいましょう」

「でもっ、お姉様が……」

「プリシラ様が行けば要らぬ混乱を招きます」

低い声での指摘に思わずぴたりと動きを止めた。

たしかにヴォルトの言い分は正しい。王宮に入って間もない新人文官の前に王族が突然顔を出したら皆が驚くに違いない。

だけど、だけど……！

今にも泣きそうなプリシラの肩にそっと手が乗せられた。

「とにかく、軽率な行動は慎んでください。どうか……お願いします」

いつもの落ち着きはらった声が微かに震え、摑まれた肩に小さな痛みが走る。初めて目にする真剣な表情に軽い恐怖を覚え、プリシラは無言でこくこくと頷いた。

ようやくいつもの距離に戻った二人が王宮へと戻っていく。

その姿を遠くから眺めている者がいたことに気付く余裕など残されていなかった。

結局、プリシラが従姉と直接言葉を交わしたのは翌年のこと。エルメリック小公爵だったラナが十六歳になり、正式に爵位を継いだ時だった。

伯爵以上の貴族は当主が代わる際、国王夫妻に謁見するというしきたりがある。プリシラはこれまで代替わりの挨拶になど同席していなかったが、今回ばかりは特別だ。父である国王に頼み込み、謁見の場に臨んだ。

元王族であるラナ・エルメリック公爵は飾りの少ないシンプルなドレスに身を包んでいる。一見すると地味なようだが、彼女の凛とした佇まいには無駄な装飾は不要な気がした。

名を呼ばれたラナは緊張の気配を漂わせながらも穏やかな笑みを浮かべ、国王夫妻の前で完璧な淑女の礼を取る。そして滑らかな口調で継爵を報告し、父親の死後に国王が後見人を引き受けてくれたことに対して感謝の意を述べた。

次に国王が祝言を送り、爵位を証明する書状を渡す。てっきりラナが玉座の近くまでやって来るのかと思いきや、国王が読み上げたものが銀のトレイに載せられ、従者の手によって運ばれてしまった。

後に聞いた話によると公爵であれば玉座の一段下まで近づけるものの、ラナがそれを遠慮したらしい。少しくらい話ができるのではと期待していたのに、王族を前にした女性貴族と同様に琥珀色の瞳は終始軽く伏せられたままだった。

今日は継爵の報告が三件あり、その中で一番爵位の高いラナが最初だった。中座は許されないので残りの二件も立ち会わなければならない。プリシラはそわそわしそうになるのを必死で我慢しながら、無駄に長い報告が一刻も早く終わるように祈った。

最後の一人が出ていき、謁見の間の扉に鍵が掛けられた瞬間、プリシラは大急ぎで控えの間に戻った。そこで待っていたヴォルトを伴うと足早にエントランスホールへと向かう。

「……プリシラ様」

「嫌よ、今日こそお話しするんだから」

衆目のある場では、さすがのヴォルトも強引な制止はしないだろう。

これまで何度も王宮で文官として働くラナの姿を見かけた。しかし常に忙しそうな上に誰かと一緒に行動しており、声を掛けるのは躊躇ってしまっていた。

今日の彼女は王宮に仕える文官ではなく、エルメリック公爵という王族に次いで高い爵位を持つ女性貴族だ。プリシラが直接声を掛けても問題はないはず。

フリルたっぷりのスカートを翻し、猛然と歩く王女に何事かと怪訝な顔をする者もいたが、今はそんなことに構っている暇はなかった。

「……っ、待って！」

ほっそりとした背中が今まさに馬車の中へと消えようとしている。必死の呼びかけは思いがけず大きかったようでびくりと肩が揺れた。

振り返ったラナはプリシラの姿を捉えるなりしばし動きを止める。すぐさま薄く微笑むと御者の手を借りてエントランスへと再び降り立ち、完璧な立ち姿で王女の到着を待ってくれた。

「急に呼び止めたりしてごめんなさい」

「お気になさらないでください。……あぁ、失礼いたしました」

引き留めに成功したのはいいものの、なにを話すのかを決めていなかった。いや、訊ねたいことが多すぎてどこから話したらいいかわからない、と言った方が正しいだろう。

ようやく会えた大好きな従姉を前にして続ける言葉を選びかねていると、ラナがスカートを両手で広げながら深く腰を落とした。

「えっ？　あの……」

「王女殿下、大変ご無沙汰しております」

過去にどんな関係であったとしても、今のラナとプリシラは公爵と王女という立場にある。だからこの挨拶は間違っていないというのに、なぜか酷くショックを受けた。

大きく目を見開いたまま言葉を失ったプリシラの前で、六年ぶりに顔を合わせた従姉が微笑んでいる。あぁ、その少し困ったような笑顔は昔から変わらない。

「お姉様、は……今、祭事部で働いているのよね？」

「はい。微力ながらお仕えさせていただいております」

プリシラは戻ってきたラナを見かけてすぐ、母である王妃マデリンを問い詰めた。

絶対に他人の空似ではない。違うというなら王宮中を探し回ると宣言したところ、観念したように教えてくれた。

ラナが預けられた修道院は十四歳までしかいられない。そこで本人たっての希望で採用試験を匿名で受け、狭き門である文官の職に就いたのだと教えられた。

祭事部は王宮主導の催し物の管理と運営を担当している。仕事はハードな割に目立たず、成功しても功績は外交部など華やかな部署へ掻っ攫われてしまうという非常に不憫な立ち位置にあった。

なぜそんな報われない職場に配属されたのか。才能溢れるラナへの嫌がらせかと思いきや、それもまた本人の希望だったらしい。

「何度もお茶会へ誘ったのに、お姉様はどうして一度も来てくれなかったの？」

ラナが戻ってきたと確信し、プリシラはすぐさまエルメリック家へと手紙を送った。ゆっくり話がしたいからと私的な茶会の場を設けようとしたが、ラナからは多忙を理由とした断りの返事が小さな贈り物と共に届けられるばかりだった。

今日だってそうだ。謁見が終わったらお茶でもと誘ったのに、すぐ仕事へ戻るので……

という返事を受け取っている。

だからこうやって騙し討ちに近い真似をしたのだ。つい責める口調になってしまったのも無理はないと自分に言い訳していると、ラナはまたもや困ったように微笑んだ。

「王都の生活や仕事に慣れるのに手いっぱいでして……せっかく機会を頂戴しましたがお断りする形になり、誠に申し訳ございません」

修道院では自活が基本だと聞いたことがある。そこから王宮に仕える文官としてだけでなく、公爵家をまとめる者としての振る舞いに変えなくてはならない。それがいかに大変かなど想像するまでもなかった。

それ以上の追及を諦めた王女に対し、新たな公爵家の当主となった従姉が発言の許可を求める。そこまで改まらなくてもいいのに、と思いつつ許可すると深々と頭を下げられた。

「おそれながら、わたくしは王籍から抜けた身でございます。どうか名前か家名でお呼びください」

つまりは「お姉様」と呼んでくれるな、と言いたいのだろう。たしかに今の関係ではこの呼称は正しくない。だが、プリシラにその頼みを聞き入れる気は微塵《みじん》もなかった。

「嫌よ。身分なんか関係ない。お姉様はずっと、私のお姉様だもの」

「殿下……」

困らせているのはわかっている。だけどこれ以上の壁を作られるのはどうしても耐えられない。プリシラの我儘を申し訳なく思う一方で、なにも言わずに去っていったラナへ仕返しをしたいという気持ちがあるのもたしかだった。

「とにかく！　今度は『エルメリック公爵』をお茶会に招待するわね。断ったりしたら、ゆるさないいんだから」

「……善処いたします」

ここまで言ってもなお、ラナは必ず行くとは約束してくれない。悔しさや悲しさがぐるぐると渦を巻いて今にも涙が出てきそうになった。だが、ここで王女が泣いたりしたらあらぬ誤解が生まれるだろう。プリシラはなにも言わず踵を返し、まっすぐに部屋へと戻った。

プリシラの念願が叶ったのは、それから更に一月後だった。

勤務中だが特別に許可をもらってきた、と告げた従姉は濃紺の文官服を纏い、髪は一つにまとめて三つ編みにしただけ。ごく薄い化粧を施した顔には野暮ったい黒縁の眼鏡が掛けられており、あまりの地味な装いにとても元王族の公爵には見えなかった。

共に過ごせたのはたったの一時間。その間プリシラは矢継ぎ早に質問して、ラナが言葉少なに答えるというやり取りが続けられた。

「本日は貴重な機会を頂戴いたしまして、誠にありがとうございました」

「……また、遊びに来てくれる？」

「はい、お時間が合いましたら是非」

控えめな笑みと共に告げられたのは無難な社交辞令。丁寧ながら明らかに距離を取ろうとしているのが透けて見えるよそよそしい態度に、思わずきゅっと唇を噛みしめた。

会議の時間が迫っているというラナは、丁寧なお辞儀を披露してから扉へと向かっていく。その横には王女の専属騎士、ヴォルト・キーショアが控えていた。

プリシラがどうしても従姉を私的な茶会に呼びたかった理由。第一は周囲を気にせず話がしたかったから。

そしてもう一つ。今まさに目の前にある状況を作り上げたかったから。

「それでは失礼いたします」

ラナが振り返り、プリシラへもう一度頭を下げる。そして再び扉へ向き直ると、ヴォルトが動いた。

「ありがとうございます」

「……いえ」

ドアノブに手を掛けたヴォルトは目を伏せ、すぐ傍に立つ文官の顔を見ようともしない。ラナもまた軽く上げていた視線をすぐ正面に戻すと廊下へと消えていった。

――どうして？

あれほど熱の籠った眼差しで見つめていた相手が手の届く位置にいる。それなのにプリシラの騎士は声を掛けるどころか目を合わせもしないだなんて。

彼の主は他ならぬ自分。理由を問えば正直に答えるかもしれないが、それをするのはなぜか躊躇われた。

そんなある日、プリシラはサンルームで貴族令嬢達とお茶を楽しんでいた。お喋りに花を咲かせていると、同じ部屋にいる騎士が窓の外をじっと見つめているではないか。

さりげなく振り返ってみたが、そこには綺麗に手入れがされた庭園が広がっているだけ。退屈するあまり中央にある噴水でも眺めていたのかとも思ったが、それにしてはこちらの視線に気付かないほどの熱が籠っている。

そっと身を乗り出したプリシラは思わず声を上げそうになった。

「殿下、どうかなさいまして？」

「……っ、いいえ、なんでもないわ」

慌てて話の輪に戻ったものの、内容が全く頭に入ってこない。

だが、これで確信した。

プリシラの将来の夫は――恋をしている。

そうでなければ、中庭を挟んで反対側の通路を歩く文官の姿など、簡単に見つけられるはずがない。ラナが去っていった廊下をひたすら見つめる眼差しに胸がきゅっと締め付けられた。

だが盟約がある以上、ヴォルトはプリシラと結婚しなくてはならない。どうしたらそれを避けられるのか、面白味の欠片すらない王位継承者教育を受けながら必死で考える日々が続いた。

「王妃殿下、王女殿下。本日より宰相補として、お二人の祭事を取りまとめる名誉を賜りました。誠心誠意お仕えいたします」

十八歳という若さでこの役目を任されるのは異例だと教えられたが、かつて王族としての教育を受けていたラナであれば当然だろう。相変わらず覚えの悪い王女に手を焼いていた女官達は、強力な助っ人の登場に大喜びしていた。

それはプリシラだけでなく、王妃であるマデリンも同様だったらしい。どんな疑問でもラナに訊ねればすぐさま答えてくれる。それだけではなく、間違えやすい点を先に教えてくれるので、無駄な確認作業が劇的に省かれた。

宰相補ラナ・エルメリックによる的確な差配を目の当たりにする度、プリシラの中である考えが徐々に大きくなっていく。

やっぱり――お姉様が女王になるべきだわ。

母であれば賛同してくれると思いきや、それは難しいと一蹴されて愕然とする。一度王籍から抜けた人間が復帰したという前例はなく、これまでの慣例を破るにはそれ相応の理由が必要だと諭された。

プリシラが成人するまで半年あまり。このままでは兄としか思えないヴォルトと互いに望まぬ結婚をしなくてはならない。

密かに焦る王女の前に現れたのがラモルテ皇国の皇太子、アレクシスだった。

視察団の代表としてやって来た彼は、大国の次期皇帝という立場でありながら傲慢なところがなく、とても親しみやすい人物だった。粗相の無いようにと女官から何度も言い含められていたせいもあり、ぎこちない振る舞いをするプリシラの緊張を優しい笑顔で和らげてくれる。

ずっとスカラファァリアの王女として、そして王位継承者として完璧を求められてばかりいた。自分の失敗談を面白おかしく語ってくれるアレクシスのような相手は初めてで、気が付けば彼のことばかり考えている。

初恋を自覚した途端、彼と結ばれるならそれ以外はどうでもいいと感じてしまうほど、プリシラはアレクシスに夢中になった。

そして彼もまた王女の想いに応えてくれた。妃になってほしいと請われ、一も二もなく「はい」と返し、その夜――すべてを彼に委ねたのだ。

王女として軽率な行動だという自覚はあった。でも、どうしても気持ちを抑えられなかった。それに、自分がいなくてもスカラファァリアには女王に相応しい人物がいるではないか。

元王族であるラナ・エルメリックが玉座に就けば、ずっと彼女を遠くから見続けていた辺境伯の次男の恋も成就する。

これで全てがうまくいく――プリシラはそう信じて疑っていなかった。

だが、ラモルテ皇国から遣わされた女官達はとにかく厳しく、それは自国の教育係の比ではなかった。いくら皇太子が気に入ったとはいえ、こんな格下の国の王族を娶るなんてという態度が透けて見え、プリシラは毎日涙を堪えるのに必死だった。

そんな王女の様子を心配して、次期国王に指名されたラナが儀式の練習に顔をだしてくれた。プリシラの傍に控え、女官の難解な説明を噛み砕いて説明してくれる。ラナでも理解ができなかった部分はすぐさま訊ねてくれるが、そもそも何がわからないのかすらわからないプリシラはただひたすら感心していた。

「さすが公女殿下は理解がお早いですね。実に素晴らしいです」

未来の皇太子妃には仏頂面しか見せないというのに、女官達は満面の笑みと共にラナを褒め讃える。その光景を目の当たりにしたプリシラは言い知れぬ恐怖に襲われた。

女官達の報告を聞き、アレクシスが心変わりをしないとも限らない。いくら子を孕《はら》んでいるとはいえ、不出来なプリシラより優秀なラナを選ぶのではないかという不安でいっぱいになってきた。

そんな中で唯一、アゼルという女官だけは優しくしてくれた。プリシラが不安を吐露すれば「大丈夫です、皇太子殿下はプリシラ殿下を愛していらっしゃいます」ときっぱりと言い切り、ささくれ立った心を癒してくれる。

彼女だけは味方だと安易に信じきった末、あのような事件が起こってしまった。

もう駄目だと諦めかけた時、またもや優秀な従姉がピンチを救ってくれた。

だが――プリシラの油断がすべてをぶち壊しにしたのだ。

どんなに謝りたくてもラナは面会謝絶で、女王の夫になる予定だったヴォルトは姿を見せてくれない。厳重な警備の中で途方に暮れていると、なんとプリシラの騎士は早朝の庭園に毎日通っているというではないか。

必死に周囲を説得し、頑張って早起きして向かった先にいたのは、これまで目にしたことのないほど冷ややかな眼差しの騎士だった。咲く寸前の花々を大事そうに抱えた彼に許しを請うたが、涙を流すプリシラを黙って見下ろすだけだった。

「もう起こってしまったことです」

プリシラはただ、恋をした相手と結ばれたかった。

願いはたったそれだけだというのに、大好きな従姉に大怪我を負わせ、自分の騎士を深く傷つけた。

どうやって償えばいいのかを悩んでいた矢先、奇跡が起きたのだ。

神経毒に冒されていたラナの左腕が、ヴォルトのキスによって再び動くようになった。

その報告を受けたプリシラは思わず涙を流した。

やっぱり——恋は偉大だ。

いよいよ明日、プリシラは生まれ育った王宮を出て愛する人の住まう国へと向かう。

王宮で過ごす最後の夜、プリシラの輿入れを祝うパーティーで長年仕えてくれた専属騎士とダンスを踊った。

「どうか、お姉様と幸せになってね」

心を籠めて告げるとヴォルトはふっと微笑んだ。

これまで目にした事のある皮肉げなものや社交辞令とは明らかに違う。愛する人を想う甘さを含んだ笑みに、プリシラもまた大輪の薔薇が咲くような笑顔を返した。

第六章　告白

スカラファリア王国の王女がラモルテ皇国へと輿入れする。

遂に王宮を離れる王女の門出を祝うパーティーの差配が、宰相補であるラナにとって最後の仕事となった。

皇太子自らが迎えに来たことでプリシラがどれだけ愛されているかが窺える。愛らしい容姿と優しさを併せ持つ王女が嫁いでしまうことに、大勢の者が寂しいと嘆いていた。

終盤に差し掛かり、ホールの中央では王女と専属の騎士がダンスを披露している。ずっと相手を務めてきただけあって二人の動きは息がぴったり合っている。小声で言葉を交わし、微笑み合う姿をラナは静かに見守っていた。

「やはり、キーショア卿とプリシラ殿下はお似合いですねぇ」

「えぇ、まったくもって同感です。殿下がラモルテに行かれてしまうのが実に惜しいですな」

保守派の貴族達がグラスを片手に語り合っている。わざとらしく張り上げられた声は明らかにラナへの当てつけだろう。だが、一歩間違えばラモルテ皇国への批判だと捉えられる危険があるなど、きっと露ほども考えていないのが残念だ。

「あの者達に代わり、皇太子殿下にお詫びいたします」

「いや、公女殿下に謝罪していただく必要はありませんよ」

ラモルテ皇国の皇太子、アレクシスが優しく微笑む。彼の寛大さに心から感謝しつつ、ラナは再びダンスホールの方へと向き直った。

明日、祖国を離れる王女はパーティーの主役に相応しい装いをしている。薔薇色のドレスには彼女の好きなフリルがたっぷりとあしらわれ、金糸と宝石をふんだんに使った刺繍が動く度に眩《まばゆ》い光を放った。

これほど豪華なドレスを着こなせる者には滅多にお目にかかれないだろう。だが、豊かな金の髪を揺らし、大きな緑の瞳を輝かせながら嬉しそうに笑う「スカラファリアの薔薇」の門出を祝うにはぴったりの装いだった。

それにひきかえ――。

ラナが纏っているのは、素材は上等なもののシンプルかつクラシカルな形のドレス。いくら公女とはいえ、今はまだ宰相補の役目を優先しなくてはならないから、と理由をつけて地味なドレスを選んだ。

スカラファリアの伝統的なドレスは襟が詰まっているので、肩にある傷を隠すのには最適なデザインになっている。だが、最近は胸元が大きく開いているものが人気なので、逆に目立っている気がしないでもなかった。

もう少し流行を意識したドレスを仕立てるべきだっただろうか。いや、下手をすると公女になった途端に王女と張り合い、派手に着飾っていると陰口を叩かれる危険もあった。

パーティーも終盤に差し掛かってもなお、これでよかったのかどうか判断しかねている。

そんな己の優柔不断さに段々と嫌気がさしてきた。

曲が終わり、プリシラとヴォルトがこちらに歩いてくる。ほんのり頬を上気させて微笑む王女へと皆の視線が釘付けになっている様子を目の当たりにして、ラナは穏やかな笑顔を維持するのに精一杯だった。

「お帰り、プリシラ」

「アレク様！　ただいま戻りました」

王女が婚約者である皇太子に寄り添う。すぐ傍では長年彼女に仕えてきた騎士が静かに仲睦まじい二人を見守っていた。あまりにも自然で、かつ美しい光景に一度は胸の奥底に沈めたはずの考えが再び浮き上がってくる。

待ちかねたように貴族達がプリシラとアレクシスを取り囲み、口々に祝いの言葉を述べ始めた。ラナはタイミングを見計らって静かに人の輪から抜け出す。振り返る寸前、視界の端でこちらを見つめる紫の瞳に気が付いた。

今夜はプリシラがスカラファリアで過ごす最後の夜。念には念を入れるべくヴォルトには彼女の護衛を頼んである。仕事に集中してもらわなければならない。

ラナは視線に応えることなく踵を返すと、ラモルテの大使に挨拶をするためにホールの反対側へと歩き出した。

＊＊＊＊＊

「スカラファリアの薔薇」の門出を祝うパーティーは盛況に終わった。

宴を取り仕切ったラナは厨房で料理長と話をしてから、ホールの様子を確かめに向かう。客のいなくなった場所では、大勢の侍従と侍女が片付けに忙しく動き回っていた。

「なにか問題は？」

「いえ、ございません」

祭事部の文官がにこりと微笑む。「あとはお願い」と言い置いてからラナは自身の執務室へと向かった。

「ごめんなさい。早めに終わらせるから」

「どうぞ、我々のことはお気になさらないでください」

ラナを警護する騎士達は立場上、そう言わざるを得ないだろう。長時間の護衛を頼むのは心苦しいので人数を減らすように頼んでみたものの「規則ですので」とあっさり却下されてしまった。

明日はプリシラの見送りがあるので昼過ぎまでここには来られない。今のうちに仕事を片付け、指示を出しておけば業務が滞る心配もないだろう。

慣れ親しんだ場所はラナの昂っていた神経をゆっくり鎮めてくれた。ここは人の目を気にする必要もなく、静かで居心地がいい。机に置かれている書類の量は想像していたよりも随分と少なかった。部下達が頑張ってくれたのかもしれないが、無理をさせたことに少し申し訳ない気持ちになる。

やはり人員増強を進言するべきか、いやそれより申請の簡略化を……。あれこれ考えながらドレスを纏った宰相補は手早く書類に目を通していく。補足が必要なものには追加する資料を指示したメモを添え、それぞれ担当の机へと割り振っていった。

残るは書状の確認だけ、という段になって扉がノックされる。

「どうぞ」

こんな時間に誰だろうと一瞬身構えたが、騎士が止めなかったのであれば相手はおのずと限られる。入室を許可すると「失礼します」の声と共に騎士服姿のヴォルトが姿を現した。

「プリシラ殿下はもうお休みに？」

「はい。アレクシス殿下とお過ごしになっています」

明日はお互いに朝から忙しい。仕事が終わったのであればそのまま部屋で休めばいいものを、どうしてわざわざここに来たのだろう。ラナが訊ねるより先にヴォルトは机の端に寄せておいた筆記道具を片付けはじめた。

「貴女のことですから、仕事が溜まっているのを気にしているだろうと思いまして」

「そう、ですか」

「そろそろ切り上げませんと明日に響きます。これを片付けたら終わりにしましょう」

ヴォルトは一方的に宣言するとインク壺の蓋をきゅっと締め、慣れた手付きで所定の位置へ戻してくれる。ラナが使い勝手を考えて決めた配置を憶えられているのがなんだか気恥ずかしい。結局は手にしていた書状を読むのだけで時間切れになった。

護衛に囲まれてエントランスに赴くと、なぜかラナが普段使っている馬車が見当たらない。戸惑っているうちにキーショア伯爵家の紋章が入った馬車の扉が開かれた。

「屋敷までお送りします」

「……ありがとうございます」

口ぶりから察するに、馬車は先に帰されてしまったのだろう。疲れすぎていて抗議する気力も湧かず、導かれるがまま乗り込んだ。

キーショア家は伯爵家ながら辺境を守護する重要な役割を担っているだけあり、影響力も財力も公爵家に引けは取らない。乗り心地のいいシートに身を沈めて出発を待っていると、向かいではなく隣にヴォルトが腰を落ち着かせた。

間もなく扉が閉じられて静かに走り出す。石畳を馬蹄が叩く甲高い音と、ゴトゴトという車輪が回る振動だけが二人の乗る馬車を満たした。

ラナは窓の外に並ぶガス灯を見るともなしに眺めている。不意に肩へと重みが乗せられ、びくりと揺れた身体は反射的に窓の方へ寄せてしまった。

「あ……っ、もうしわ……」

「敬語は止めてください」

低く鋭い声に遮られ、ラナは俯いた。スカートの膝に乗せた手を見つめていると、控えめな装飾が施された髪をそっと撫でられる。

「王女殿下が出立しましたら私は正式に貴女の騎士になります。以後は人前でも名前を呼び捨てになさってください」

「……ええ」

専属の騎士に敬語を使えば王族としての品位が問われるだろう。下手をすればヴォルトに侮られていると誤解されかねないので、これだけは注意しなくてはならない。

それをわかっていながらも躊躇ってしまうのは、これまでの習慣だけが影響しているわけではない気がする。

馬車がラナの住まう屋敷に到着した。ここを引き払う準備も順調に進められており、あと二ヶ月ほどで人手に渡る予定だ。ほとんど寝に帰るだけの場所ではあったが、いざ離れるとなると寂しさを覚えるから不思議なものだ。

「殿下、お帰りなさいませ」

「すぐ休むので下がってくれていいわ」

「承知いたしました」

振り返って送ってくれた礼を伝えようとしたが、ラナの婚約者はすっと手を差し出してきた。躊躇いながらも同じものを重ねると、そのまま玄関の方へと導かれる。どうやら過保護なヴォルトは部屋までエスコートするつもりらしい。

元公爵邸は広さこそあるものの、ラナは二階の一番手前にある部屋を寝室として使っている。わざわざ送ってもらうほどの距離ではないのだが、ヴォルトは毎回送ると言って譲らなかった。

「あの……」

部屋の扉が開かれ、ラナだけが一歩中に足を踏み入れた。振り返ったタイミングでついつい余計な言葉が唇から零れ落ちる。

「はい、なんでしょうか」

紫の瞳がまっすぐにラナを見下ろしているのを感じる。目を合わせる勇気がなくて、漆黒に包まれた大きな手を見つめていた。

やっぱりなんでもない、と言ってもきっとヴォルトは引き下がらないだろう。俯いたまま囁くような声で問い掛けた。

「貴方は本当に、ラモルテへ行かなくていいの？」

ラナは口にした途端、激しい自己嫌悪に陥る。

今更帯同する者は増やせないし、身分が専属騎士ともなれば双方の国で調整が必要になるだろう。現実的ではないとわかっていながらも訊ねてしまったのは、二人の息の合ったダンスを見せつけられたからに他ならない。

あれほど自然に、まるで一つになったかのような動きができるのは、重ねた歳月の賜物なのだろう。

どんなに頑張ってもプリシラには勝てない——そう思わせるものが、あの優雅なダンスにはあった。

「馬車を帰すように伝えてくれ」

低い声で家令に命じるのが聞こえてぱっと顔を上げる。その時には一歩部屋に踏み込んできたヴォルトの腕の中に囚われていた。そのまま持ち上げられると、閉じられた扉が肩越しに見える。

「ヴォルト……？　あの……っ」

イエスかノーの二択だったはずが、どうして抱き上げられているのだろう。ラナの声を無視した男の手により、続き間の奥にあるベッドへと運ばれた。

「私になにか、ラナの気に障るような言動がありましたか？」

「えっ……いい、え」

「ではどうして、そのようなことを訊くのでしょう」

仰向けになったラナの髪から飾りが次々と外されていく。すべてを取り去るとヴォルトは両手で頬を包み、至近距離で瞳を覗き込んできた。ラナをまっすぐに見つめる眼差しの強さに思わず息を呑む。

「ラナ、教えてください」

焦れたように下唇を柔く食まれた。もしかして怒っているのだろうか。

「……わたくしの傍にいたら貴方は苦労ばかりするはず」

「そんなものは覚悟の上です。もし面倒があっても、ラナの役に立てるのであれば苦労などと思いません」

実にあっさりと、一切の躊躇いを見せずにヴォルトは言い切った。ラナは唇を引き結ぶと胸に湧き上がってきた歓喜を押し殺す。本当にそう思ってくれるのであれば、これ以上嬉しいことはない。

だけどもし、想像している以上の苦難が待ち構えていたら――？

やめておけばよかったと思わせてしまうかもしれない。その後悔がラナに伝わってきたとしたら、想像するだけで心臓が凍り付きそうだった。

「貴女は必ず、スカラファリアの歴史に名を遺す素晴らしい女王になるでしょう」

ヴォルトの確信めいた口ぶりが胸に再び歓喜を湧かせる。

だが、希望の萌芽は昏い記憶によって呆気なく押し潰された。

「そんなはずはないわ。だって、わたくしは……」

――選ばれなかった人間だから。

ラナの呟きにヴォルトは剣呑な気配の代わりに戸惑いの色を見せる。目尻に浮かんだ雫を唇で受け止めながら「誰にでしょうか」と訊ねてきた。

父が重い病に罹った途端、母親は話が違うとラナを置いてさっさと母国へ戻ってしまった。元から娘への関心の薄い人ではあったが、なにも告げずに王宮を去ったという事実は幼いラナの心に深い傷を残した。

それだけではない。病床の父には「せめてお前が男だったら……」と残念そうに言われたのを今でもはっきりと憶えている。王位継承権は男女平等に与えられるものの、男性を優先的に指名するという不文律が存在している。だからラナが男であれば公子として王籍に残れる可能性があったのだ。

淑女教育のやり直しという名目で送られた修道院では、母の所業は神の教えに背くものだと糾弾され、修道女達から「恥知らずな母を持つ娘」というレッテルを貼られた。

お陰で誰とも親しくなれず、孤独な日々を送る中で唯一の逃げ場は図書館だった。そこで勉強に打ち込んでいれば責められず、辛い状況からも目を背けられたのだ。

つまりラナは決して前向きな気持ちで知識や外国語を身に付けてきたわけではない。

結果的に文官として働く知識を得られ、スカラファリアの発展に貢献できただけ。失ったものを取り戻すつもりはなく、ただ平穏に暮らす未来だけを願っていた。

「わたくしが本当にスカラファリアの王になっていいのかわからない。皆に反対されるかもしれないし、『王笏の誓い』を失敗するかもしれない。きっとプリシラ殿下と共に行った方が平和に過ごせるはずよ」

やはり異国で新しい暮らしを始めるプリシラには、長年連れ添った騎士の支えが必要だろう。これまで誰にも打ち明けてこなかった胸の裡を吐露した途端、急にそれらの懸念が現実味を帯びた気がした。

一気に話をしたせいで息が苦しい。ヴォルトはなにも言わず、荒い呼吸を繰り返す唇をそっと親指で撫でた。

「……ラナ。よく聞いてください」

その声はいつも以上に低く、怖いほどの真剣さを帯びている。ラナが小さく頷くとこつりと額同士が合わせられた。

「私はたしかにプリシラ殿下の騎士でした。ですが、あの方に思慕の念を抱いたことなど一度たりともありません。きっと彼女も同じだったはずです」

「でも、貴方達は……」

「私の心はとうの昔にラナへ捧げてありました。いくら幼かったとはいえ、愚行を犯してしまうほどに貴女とはなにがあっても離れたくなかった……私の、唯一だったから」

ヴォルトはそこで言葉を区切ると頬に添えていた手を肩へと滑り落とした。そのまま背に回してきつく抱きしめられる。

「貴女がプリシラ殿下を大事にしていたから、私も彼女を尊重していた。ただそれだけです。離れ離れになってからも、貴女が私のものになり、私が貴女のものになる未来しか考えていませんでした」

ラナが王宮に戻って再会したヴォルトは底抜けに明るい少年の面影はなく、感情を表に出さない寡黙な青年になっていた。

誰に対しても不愛想だというのに、プリシラにだけは気楽な表情を見せていた。だからラナのことなどすっかり忘れ、新たな婚約者と心を通わせているのだと思っていた。

「わたくしはずっと、嫌われていると思っていたわ」

文官として王宮に戻ったものの、プリシラとの接触はできるだけ避けていた。

王籍を失ったラナが次期女王と顔を合わせれば、あらぬ噂が立つだろう。それが最大かつ表向きの理由だったが、本当はかつての婚約者との仲睦まじい姿を目の当たりにしたくなかったから。

残念ながら遠回しの拒絶は事情を知らない王女には通用せず、公爵位を継いだのをこれ幸いといわんばかりに近付いてきた。

プリシラと顔を合わせれば、彼女の護衛騎士との接触も避けられない。気まずさはあったが過去を蒸し返すつもりはなく、ただ普通に接してくれるだけで十分だと思っていた。

だが、ヴォルトは口調こそ丁寧ではあるものの必要最低限の言葉を返すだけ。

そして彼は——決してラナと目を合わせようとしなかった。

これほどまでに嫌われているのかとショックを受けたが、同時に仕方がないとも思っていた。

その徹底した冷たい態度を前にして、これで胸の奥で燻り続けていた想いを手放せると安堵したのを今でもはっきりと憶えている。

ラナの独り言のような告白にヴォルトは動きを止める。そしてしばらくすると耳元で重々しい溜息が響いた。

「誤解を生む振る舞いをしていた自覚はあります。ですが、貴女を嫌ったことなどこれまで一度たりともありません」

「つまり、わざとだったということ？」

「はい。あのようにしなくては、抑えられそうになかったのです」

　なにを、と問うよりも先に耳へと押し当てられた唇から苦しげな告白が紡がれた。

「貴女と引き離されてから、私は己を律する訓練に明け暮れていました。もう二度と、あのような短絡的な言動をしないと誓ったのです」

　本来なら無断で王族を王宮から連れ出すのは重罪だ。だが当時のヴォルトはまだ幼く、ラナも同意した上での行動だったので領地へ戻されるだけで済んだものの、きっと辺境伯からきつい叱責があったのだろう。

　プリシラの騎士として再会した姿を見た限り、訓練の成果は出ていたはず。それが抑えられなくなる状況とはどんなことなのだろう。

「ですが、成人したラナの姿を間近で見た瞬間……昔の自分に戻ってしまいました」

「子供の頃の貴方、に？」

　はい、と告げた唇が耳朶に押し付けられる。

「貴女を抱きしめたくて堪らなかった。周りにどう思われようと構わない。私の腕の中に閉じこめて、誰の目からも隠してしまいたい。そんな欲求で頭がいっぱいになってしまいました」

正式に公爵位を継いだあの日、ヴォルトはどんな顔をしていただろうか。記憶を手繰り寄せるよりも先に囁くように名を呼ばれた。

「貴女の涼やかな眼差しがずっと好きでした。きっと目を合わせてしまったら、私の理性など呆気なく崩壊してしまう。ですが、そのような事態だけはどうしても避けなければならないと思ったのです」

この部屋には二人しかいないというのに、ヴォルトは声を潜め、まるで内緒話でもするかのように独白が続く。

「ラナが宰相補になってからというもの、本当に我慢の連続でした。何度、誰もいない場所へ攫ってしまおうと考えたか……数えきれません」

突然の、そして怒濤の告白に頭がついていかない。返す言葉を失った唇に柔らかなキスが与えられた。

間もなく王となるラナの進む道は決して平坦ではないだろう。行く先には茨《いばら》が生い茂っているとわかった上でヴォルトを共に歩ませていいのか、未だに躊躇ってしまう。それだけラナの心に刻み込まれた劣等感はそう簡単に払拭できるものではなかった。

「わ、わたくしには、貴方にそこまで想ってもらう価値は……」

「価値を決めるのは私です」

弱々しい主張はいつになく強い口調によって切り捨てられた。そしてこれ以上は聞きたくないと言わんばかり、素早く唇を塞がれる。

捻じ込むように舌が口内へと侵入し、上の歯列を内側から舌先でゆっくりとなぞられ、ぞくぞくとした感覚に身を震わせた。

「愛しています。これまでも、そしてこれからもこの想いだけは変わりません」

ラナに向けられる眼差しは恐怖を覚えるほど真剣さを帯びている。

遠回しな言葉など一切使わない、どこまでも真っ直ぐな想いが心に纏わせた鎧を打ち砕いた。

「もう二度と、私を遠ざけるようなことはしないでください」

「ごめ……ん、なさい」

自分の意気地のなさに段々と腹が立ってきた。あまりにも情けなくて熱いものがじわじわと目の縁に湧きあがってくる。

「きっと私の愛し方が足りなかったから、ラナを不安にさせてしまったのですね。申し訳ありません」

「ちがっ、うの……！」

涙の気配を察知したのか、柔らかな笑みを浮かべたヴォルトが目尻に唇を寄せる。この人はどこまでラナを甘やかすのだろう。

——この想いを、伝えたい。

だが、一度言葉にした気持ちは輪郭を持ち、決して無かったことにできなくなる。

ラナの想いはヴォルトを縛る枷になってしまうだろう。

だからこれまでずっと、いざとなれば手放せるように気を付けてきた。その苦労をまさに今、すべて水の泡にしようとしている。

この選択が正しいのか、正直わからない。

だけどラナは唇がゆっくり開いていくのを止めなかった。

「貴方は、嫌いな私と結婚しても幸せになれない。ずっと、そう思っていたわ……」

ヴォルトが強引に事を進めようとしているのは、辺境伯に命じられているから。本意ではないが、家のために仕方なくラナと結婚すると思っていた。だから盟約の代わりになるものを提示したのだ。

「わたくしは、ヴォルトに幸せになってほしかったの」

「それは、どうして……ですか？」

理由を訊ねる声が震えているのは、きっと気のせいではない。ラナの手が引き寄せられ、ヴォルトの頬に添えられた。

「愛する人の幸せを願うのは、当然ではないかしら」

——遂に言ってしまった。

口にした瞬間に湧きあがった後悔は、潤んだ紫の瞳が打ち消してくれる。頬に触れている手が重なったものにきつく握りしめられ、微かな痛みが走った。

「ラナ……！　愛しています。もう二度と、離れたりしません」

「わたく、し、も………んんっ！」

荒々しい口付けに言葉と思考が奪われていく。ヴォルトは再び深い口付けを仕掛けながら、素早くドレスを脱がせる作業に取りかかった。

一瞬だけ背中が浮き上がり、その隙に素早く袖を抜かれる。コルセットを着けた上半身が眼前に晒されるなり、ヴォルトは綻ばせた唇を鎖骨に押し付けた。

「あっ……」

小さな痛みと、それに続く熱には覚えがある。痕を付けられたとわかった途端、頬へと一気に血潮が昇ってくるのを感じた。服でなんとか隠れる位置に刻んだのはきっとわざとだろう。ヴォルトは早くも赤みを帯びてきているであろう場所を指先でひと撫でしてから、ラナの腰を抱いてドレスを完全に抜き去った。

「邪魔なものは取ってしまいましょう」

イヤリングとネックレスが手早く外され、次はブレスレットに取り掛かる。少々複雑な造りをしているはずなのに、ヴォルトは難なく攻略するとサイドテーブルへ優しく置いてくれた。

「コルセットは苦しくないですか？」

「少しだけ……でも、大丈夫よ」

着け慣れていないラナの為に柔らかな素材のものを選んでもらったし、きつく絞らないように配慮されている。だが、今後は今の王妃と同様にこれが日常になっていくのだろう。編み上げられた紐が解かれると窮屈さから一気に解放された。思わずほっと息を吐けば、ヴォルトがくすりと小さな笑いを零す。

「あ……ごめんなさい。はしたない真似をしてしまったわ」

「いいえ。貴女に気を許してもらっているようで嬉しいです」

臆面もなくきっぱりと言い切られ、ラナは目を瞠ったまましばし動きを止めた。動揺を誘えたのが嬉しかったのかヴォルトの顔が喜色に染まる。笑みを深めたそれに少年の頃の面影を見つけ、不意にどきりと心臓が大きく鳴った。

胸元を腕で隠したラナを眺めながらヴォルトが身を起こす。ばさりと音を立ててマントをベッドの脇に落としてから上着の留め具に手を掛けた。盛装用の騎士服はドレスに負けず劣らず複雑な造りをしているというのに、ヴォルトはベッドに横たわるラナから目を逸らさず、次々と脱ぎ捨てていく。

灼けつくような眼差しと、徐々に露わになっていく逞しい肉体を目の当たりにして、お腹の奥からじわじわと疼きが湧き上がってくるのを感じた。

「貴女のすべてを……見せてください」

両手首をやんわりと摑まれ、左右に開かされる。僅かな抵抗は甘い囁きと眼差しの前にいとも容易く陥落し、導かれるがままにヴォルトの眼前へと剝き出しの胸を晒した。ただ見つめられていただけなのに早くも膨らみの頂が存在を主張しているのが恥ずかしい。思わず目を逸らし、きゅっと唇を嚙みしめると胸元を少し硬い髪が撫でた。

「あっ………ん、んん……っ」

身を屈めたヴォルトがぱくりと左の尖りを食んだ。空いている右側は指先で弄ばれ、堪らずラナは高い声で啼く。

指を搦めて繫いだ左手に力を入れると、同じ強さで握り返された。

「ラナ、もっとぎゅっとしてください」

「んっ……こ、う？」

まだ完全に思い通りとはいかないものの、左手の機能は随分と回復してきた。指先から硬さのある手の甲の感触が伝わってくる。顔を上げたヴォルトが満足げに微笑み、「よくできました」という囁きと共にキスしてくれた。

プリシラがラモルテ皇国へ出立すると、いよいよラナの王位継承の準備が本格化する。王笏の誓いの練習には本番と同じ重さのものを使うのだが、左手だけで持てるかどうかは未だに不安が残っていた。

現実は厳しいけれど、ヴォルトの素肌に触れている時は胸のざわめきが凪いでくるような気がする。ラナは自由な右手を婚約者の背に回して束の間の逃避を試みた。

「ここはまだ、痛みますか？」

「も、うっ……大丈夫よ」

左肩の傷痕に唇を軽く押し付けられて声が跳ねる。その反応に不安げな眼差しが和らぎ、今度は舌全体を使ってねっとりと舐められた。まるで獣が傷を癒そうとしているような仕草に奇妙な痺れが走り、ラナの理性がじわじわと融かされていく。

「んっ、もう……っ、そこ、ば、っかり……っ、んん……っ！」

「あぁ、失礼しました。ラナの反応が可愛らしかったので、つい」

ヴォルトは傷痕に音を立ててキスしてから濡れた唇を鎖骨に這わせた。胸を弄んでいた手がゆっくりと下りて脚の付け根へと指が滑り込んでいく。こちらも既にじっとり水気を帯びていて、蜜を纏った指先がラナの内側へと沈められた。

「はっ……う……っ、ヴォル、ト……っ」

「嫌、ですか？」

入口付近をくるりと撫でられ、ラナは身悶えながら否定の仕草を返した。

嫌ではない。嫌ではないけれど身体の制御ができなくなるのは少し怖くて、咄嗟に右手で動きを止めようとした。ラナが拒んでいないとわかるなり、ヴォルトの指から遠慮が無くなる。

増やされた指がじゅぷりと音を立てて入っていき、快楽で震える肉襞をくすぐった。その間も絶え間なく胸を愛撫されてラナは逃げ道を塞がれたような気分になる。自由の利く右手でヴォルトの頭を引き離そうとしたが、ただ銀の髪をくしゃくしゃにするだけの結果に終わった。

「あっ、いゃ……っ、あああ…………っ!!」

乱れた前髪の間から深い紫色の瞳が覗く。それをゆるりと細めると口にしたものへときつめに歯を立ててきた。びりっとした感覚が全身を巡り、堪らずラナは顎を反らして震える喉を晒した。

小さな閃光が目の前で弾けている。抵抗する力の失った身体をベッドに預け、乱れた呼吸の音をぼんやり聞いていると美しい筋肉に覆われた肉体が迫ってきた。

きつく抱きしめられ、たったそれだけなのに頭の芯に痺れが走る。荒い呼吸すらも奪う口付けに翻弄されているうちに、気が付けば身を起こしたヴォルトの腿の上へと座らされていた。

「ラナ、首に腕を回してくれますか」

優しい口調での命令に、ラナは迷うことなく従ってしまう。胸同士がぴったり触れ合う体勢になると、腿の下に滑り込んだ手によって身体が軽く浮き上がった。

「あっ……な、に……っ!?」

「大丈夫ですから、そのまましっかり摑まっていてください」

雄を受け入れる用意の整った蜜口に熱くて硬いものが押し当てられる。思わずこくりと喉を鳴らしたと同時に先端が含まされた。浅い場所をゆっくりと行き来する度に張り出した場所が襞を擦り、徐々にラナを追いつめていく。

「そろそろ、深い場所に入らせてもらいます」

「あっ……ま、って…………きゃっ……あああぁ――――ッッ!!」

ずるずるとヴォルトの滾りを呑み込まされ、先端が最奥へとたどり着いた。これで終わりかと思いきや、ラナの腰を摑んだ手は一層強く引き寄せてくる。最奥を抉るように刺激された瞬間、あられもない声を上げてしまった。

「上手ですよ。……あぁ、もう少しだけ、頑張ってみましょうか」

揺すられる度に当たる場所と角度が変わり、不規則な刺激によって高みへと押し上げられていく。軽い恐怖を覚えたラナが腕に力を籠めた途端、すぐ傍にある喉仏が大きく上下した。

「こ、れ……っ、おかしく……っ、な、る……っ！」

「いいですよ。一緒に……っ!!」

ひときわ強く押し付けられると同時にラナは浮遊感に包まれる。力を失った腕がヴォルトから離れ、後ろへ倒れ込みそうになったのを素早く抱き留められた。

「ヴォル、ト…………」

「はい、ラナ」

辛うじて名前を呼んだものの、言葉が続かない。

徐々に薄れていく意識の中、胎の中を満たす熱さだけが鮮明に感じられた。

◇◆◇

「失礼いたします」

翌朝、ラナは予定時刻ぴったりに王宮に到着した。馬車を降りるなりプリシラの侍女が待ち構えており、その足で直接王女の部屋を訪れた。ふらつきそうになるのをなんとか堪えてお辞儀をすると、ちょうど髪を結い終えたプリシラが立ち上がった。

「お姉様、急に呼び出してごめんなさい」

「お気になさらないでください。なにかありましたでしょうか」

出発まで間もないので、問題が起こっていたとしたら可及的速やかに対応しなくてはならない。密かに身構えるラナの前でプリシラは屈託のない笑みを浮かべた。

「少しだけ、二人きりでお話ししたいと思って」

「……左様でございますか」

ふと部屋の隅を見るとささやかながらお茶の席が設けられている。二人が着席し、王女が軽く手を上げると、侍女達が頭を下げて一斉に部屋を出ていった。いくら相手が従姉とはいえ、あれだけ油断は禁物だと伝えてあったのに。

思わず眉間にうっすらと皺を寄せると、ラナの言わんとすることが伝わったらしい。プリシラは両手を胸の前で組むと小さく首を傾げた。

「今回だけは相手がお姉様だからって特別にお願いしたの。そうじゃなければ必ず侍女を同席させているわ」

「……それならよいですが。ラモルテに行かれましたら、より一層お気を付けくださいませ」

「ええ、約束ですものね」

ちゃんと憶えているわ、と微笑む王女の顔は知らない間に少し大人になった気がした。まだお腹は目立たないけれど徐々に母親としての自覚が芽生えているのだろう。きっと生まれてくる子は愛情をたっぷり注いで育てられるに違いない。ラナもまた淡く微笑むとプリシラに倣ってティーカップに口をつけた。

こんなふうに従妹と二人きりで話をするのはいつ以来だろうか。度々誘われてはいたものの仕事が立て込んでいると断り続けていたが、もちろんそれだけが理由ではなかった。

「体調はいかがですか？」

「問題ないわ。ただ……やっぱり長時間の馬車は少し不安ね」

「少しでも変調がありましたら遠慮なくお知らせください」

嫁入り先へ王女を無事に送り届けるまでがスカラファリア側の仕事なので、ラナは念には念を入れて準備を進めてきた。

身重のプリシラの負担を考え、通常は二日で着く旅程を三日半にしてある。こまめに休憩できるように馬車を停めても大丈夫な場所は確認済みだし、船には三人の医者を手配した。

迎えに来たアレクシスには「盤石な計画ですね」と感心してもらったのできっと大丈夫だろう。天候だけはどうしようもないけれど、荒天の兆候はないと学者から報告を受けているのでそれを信じるしかなさそうだ。

プリシラが生まれ育った王宮を去る時間が刻一刻と迫っている。門出を喜ぶべきだとわかっているが、ここに来て寂しさがこみ上げてきてしまうのだから勝手なものだ。

内心で苦笑いしながら紅茶を飲んでいると、こちらをじっと見つめる緑眼に気が付いた。

プリシラはティーカップをテーブルに戻してから姿勢を正す。両手を膝の上で揃えるなり深々と頭を下げた。

「殿下、なにを……」

「どうか、スカラファリアをよろしく頼みます」

いつになく真剣な声でプリシラが告げた。

眩い金の髪を揺らしながら頭がゆっくりと元の位置に戻される。驚きのあまり硬直するラナを見つめるプリシラの瞳には、今にも溢れてしまいそうなほどの涙が浮かんでいた。

「私が頼める立場ではないのはわかっているわ。でもお姉様はきっと、素晴らしい女王になるはず」

泣き笑いの表情を浮かべた「スカラファリアの薔薇」の頬を透明な雫が滑り落ちていく。

こんな姿でさえ画になるプリシラが囁くように打ち明けた。

「私ね、ずっと……お姉様が羨ましかったの」

「……わたくしが、ですか？」

プリシラは両親から沢山の愛情を注がれ、愛くるしい容姿と素直な心を持っている。皆からも慕われ、全てを持っているはずの王女がなにも持たないラナを羨む必要がどこにあるのか、まるで想像がつかない。

しかし従妹はそれ以上なにも言わず、ハンカチで涙を拭うとぎこちなく微笑んだ。

「王女殿下、そろそろお時間でございます」

「わかったわ。お姉様、参りましょう」

「……はい」

ノックの音と共に侍女の声が届けられる。まだ身の内に混乱を残したままラナはソファーから立ち上がり、テーブルを回りこむとプリシラへと手を差し伸べた。潤んだ目を丸くしてから王女が嬉しそうに微笑む。

再び従妹と手を繫ぐ日が来るとは思わなかった。扉を抜けて廊下に出ると、こちらへ歩いてくるアレクシスの姿があった。

「おや、素敵なエスコートを受けているようだね。私はお邪魔だったかな？」

「とんでもございません。皇太子殿下、プリシラ殿下をお願いいたします」

従妹を未来の夫に預けると、覚えのある気配をすぐ傍に感じる。いつの間に来ていたのだろう。斜め後ろに控えたヴォルトがそっと背中に手を添えてくれた。

国王と王妃に挨拶へ行く二人と別れ、ラナは最終確認の為にひと足早くエントランスへと向かう。出発の準備が着々と進められる中、矢継ぎ早に指示を出しながらもプリシラの言葉がずっと脳裏にこびりついて離れなかった。

◇◆◇

ラナがプリシラとお茶を楽しんでいる頃、ヴォルトもまたとある人物と密かに顔を合わせていた。

二人きりで会っているのを見られるとあらぬ疑いを掛けられる危険がある。お互いそれがわかっているからこそ、ラモルテ皇国の皇太子との会談は人目を避けた場所で設けられていた。

　騎士団の詰所の裏庭はただでさえ立ち寄る者が皆無に等しい。更にその奥にある四阿は高い生垣に囲まれているせいでほとんど存在を知られていなかった。ヴォルト自身、よく足を運ぶ所の近くにこんな場所があると知ったのは半年ほど前のことだった。

「公女殿下は相変わらず忙しくしていると聞いたが、大丈夫かい？」

「はい。ですが、以前よりは休息をお取りになるようになりました。これといった不調は見られませんので、殿下のご心配には及びません」

「そう。君の努力が実を結んだようだね」

　よかったと微笑むアレクシスは、婚約者の従姉を気遣う心優しい人物という印象を受けるだろう。

　だが、ラモルテの皇太子がスカラファァリアの次期女王の体調を心配しているのは、純粋に彼女の身を案じているのではない。もしラナが倒れでもしたら、スカラファァリアの国王が娘を嫁に出すのを渋る危険があったからだ。

　彼の言動がすべて打算に塗《まみ》れているのを知る者はごく僅か。その中の一人がプリシラの騎士であり、次期女王の未来の夫でもあるヴォルトだった。

　ヴォルトがラナを、そしてアレクシスがプリシラを妻へと望み、互いの結婚相手を交換すべく手を組んだ。傍から見れば対立関係にある二人の企みは綿密な計画の上で密かに遂行され、見事に目的が果たされたのだ。

この協力関係は一時的なものに過ぎず、彼らがこっそり顔を合わせるのは今日が最後になるだろう。だが、従姉妹同士の感傷的なものとは程遠く、実に淡々としたものだった。

「プリシラ様をくれぐれもよろしくお願いします」

「あぁ、任せてくれ。君に言われずとも大事にするから安心してほしい」

その言葉にヴォルトがすっと目を細めた。こちらに遣わした女官の中に刺客が紛れていたのを忘れたとは言わせない。そのせいでスカラファリアは危うく次代の王となるべき存在を失うところだったのだ。

言葉ではなく、鋭い眼差しだけで責めてくるヴォルトを前にしてアレクシスが気まずそうに足を組み替えた。

「あの一件は本当に悪かったと思っているよ。あいつらにプリシラを狙う頭があったのは想定外だったんだ」

皇太子の顔には敵の計画を見抜けなかった悔しさが滲んでいる。唇を歪めて弁明するその姿はいつもの柔和な彼からはまるで想像がつかないが、きっとこちらが彼の本性なのだろう。人前では上手に隠しているあたり、さすが大国の皇太子と言わざるを得ない。

この件で裏をかかれたアレクシスはすかさず反撃に打って出た。

側妃の生家が主導していた事業の不正を暴き、財産を没収した上で爵位を剝奪したらしい。側妃は資金と人材の援助を受けられなくなったショックで、自身の宮に閉じ籠もっているという噂はヴォルトの耳にも届いていた。

本当に不正が行われていたのかを問うつもりはない。ただ、ラモルテの皇太子妃となったプリシラが安全で幸せな生活を送れさえすれば、大切なラナの心配事を一つ減らせるに過ぎなかった。

——彼女は正しさに溢れているね。

初めて二人きりで顔を合わせた時、アレクシスはラナをそう評した。

ラモルテの皇太子妃としての能力は申し分ないが、あまりにもまっすぐすぎる。察しも良いのでいずれは皇太子が裏で手を回している事柄に気付く日が訪れる。そうなればきっと心が耐えられないだろうと。

その点、プリシラは与えられたものを素直に信じてしまう。そんな純真無垢な王女であれば自分の作った温室の中で言いつけ通りに日々を過ごし、持ち前の明るさと愛らしい笑顔で癒してくれるに違いない。

あまりの言いようにさすがのヴォルトも不快を露わにしたが、あながち嘘でもないので否定するのは難しかった。それでも他に言い方があるのでは、とやんわりと諫めれば、実に愉しそうに笑っていたのを思い出す。

「君の方は？　『掃除』が順調だといいんだけど」

「お陰様で首尾良く進んでおります」

ラナが玉座に就くまでに残された時間は半年。それまでにヴォルトは彼女の憂いを晴らすべく水面下で動いていた。

保守派の貴族について、片付けやすい小物は早々に王宮から追い出し、今は中堅から大臣クラスを排除する手筈を整えている真っ最中だ。相手には悟られず、ごく自然な流れで国政から手を引かせるのは至難の業だが、この所業は絶対にラナの耳に入れてはならない。きっと彼女のことだからそこまでする必要はないと止めるよう頼んでくるだろう。

これは女王の歩む道を整備するという大切な作業だ。陥没した穴を埋め、邪魔な石を取り除き、ラナが俯かず前を向いて歩みを進められるようにするのが夫たるヴォルトの務めなのだ。

すべては――彼女の手に失ったものを取り戻させるため。

ヴォルトの想い人は、父親の病をきっかけに地位も名誉も奪われてしまった。大人の都合に振り回され、理不尽な目に遭っても必死で耐え続けてきたラナの努力と苦労に報いてやりたい。

どんな手を使ってでも女王の地位に就かせ、自分を夫として迎えさせる。そして両親からは与えられなかった愛を惜しみなく注ぎ、温かな家族を築くことが己の使命だと思い続けてきた。

長年の悲願がようやく果たされる日がすぐそこまで迫ってきている。だが、過去に大きな失敗を犯しているだけに、ヴォルトはここで浮かれるほど愚かではなかった。ゴールが見えているからこそより慎重に、かつ念には念を入れて事を運ばなければ。

決意を新たにしたヴォルトをアレクシスが愉しげに見つめている。その眼差しに混ざった嗜虐《しぎゃく》の色に、寡黙な騎士は密かに身構えた。

「正直なところ、私はどちらでもよかったんだよ？」

「私はそうではありません」

元はといえば、アレクシスはラナとの縁談を勧められてスカラファリアにやって来た。かつては王族として名を連ね、現在は宰相補を務める才女である彼女は条件として申し分ない相手だ。話が纏まれば手の打ちようが無くなるとわかっていたからこそ、早々に王女と引き合わせた。

きっとアレクシスはこちらの思惑に気付いていたはず。それでもなにも言わずに乗ってくれたのは、プリシラの方が御しやすいのを本能的に見抜いたからだろう。二人きりの茶会を開いたその日のうちに彼の侍従から密書を受け取り、一連の作戦が決行された。

いくら利害が一致したとはいえ、アレクシスは自分が利用される形になったことが少々面白くないらしい。時折こうやって揺さぶりを掛けてくるが、ヴォルトはまったく動じる気配を見せなかった。

「まぁ、仮に私が公女殿を強引に選んでいたら、ラモルテに生きて帰れなかったかもしれないね」

そこまで想像できると踏んだからこそ、この食えない皇太子を協力者として選んだのだ。

無言を肯定と捉えたのか、アレクシスは満足げな顔で立ち上がった。

「戴冠式で会えるのを楽しみにしているよ」

「はい、お待ちしております」

ヴォルトもまた立ち上がり、アレクシスに一礼する。

四阿を出た二人は、それぞれ別の方向へと歩き出した。

第七章　新たなる王

いつもは静謐《せいひつ》な空気の漂う大聖堂もこの日ばかりはざわめきに満ちていた。

今日はスカラファリアに新たな王が誕生する日。歴史的な瞬間をこの目で見ようと、市民に開放された区画には大勢の民がつめかけていた。

「なぁ……お前、公女は本当に『王笏の誓い』が無事にできると思うか?」

城下町でパン屋を営む男が隣に並ぶ幼馴染に訊ねる。内容が内容だけに本来は周囲に気を付けなければならないが、これほどの賑わいであれば心配ないだろう。不敬とも捉えられかねない発言に、鍛冶屋の仕事をサボって来たもう一人の男が肩をすくめた。

「んー、怪我が治ったからやるんだろうし、大丈夫だろ」

楽観的な友人にそうだな、と返したタイミングで「静粛に」という神官の声が響き渡る。

ざわめきが徐々に小さくなり、遂には先ほどまでの喧噪が嘘のように静まりかえった。

今日が抜けるような晴天であればここまで不安にならなかったかもしれない。天井近くにある窓から空を見上げると、そこは今にも雨が降り出しそうな深い灰色の雲に覆われていた。

戴冠式は大勢の国賓を招いて執り行われるだけに、日程は随分と前から決められているはず。容易に変更はできないとはわかっているが、口には出さずとも慶事にはそぐわない天気だと誰もが思っているだろう。

帰りが面倒になるのでせめて土砂降りになりませんように、と祈っているうちに式の開始が宣言された。

はじめに大神官と現国王が壇上に姿を見せ、後ろを数人の高位神官が続いている。彼らの手には王冠とマント、そして王笏が掲げられていた。

最後に登壇したのは一人のうら若き女性。女性にしては少し背が高く、ほっそりとした背中ではまっすぐな長い髪が歩みに合わせて揺れている。大勢の人間から注目を集めているというのに緊張している様子はまったく見られなかった。

純白のドレスを身に纏った公女は過去に一度、王籍から抜けている。社交デビューもしていないので世間にはほとんど顔を知られていなかった。市井ではそんな謎のベールに包まれていた女性が王になることを不安に思う者も少なくない。

なにせこれまで民はずっと「スカラファァリアの薔薇」と称えられる可愛らしい王女が玉

座に就くと信じて疑わなかった。それがラモルテの皇太子と出会ったことにより見事に覆されたのだ。その後釜に据えられたのが、軽く顎を引き、美しい姿勢を維持したまま歩みを進めている現王の姪だ。

プリシラのような華やかさはない。だが、何事にも動じない凜とした佇まいから誰もが目が離せなくなっていた。

壇上に着いたラナは背筋を伸ばし、滑らかな動きで跪く。分厚い「スカラファリア建国記」を手にした老神官と問答をしているが、その内容はあまりにも難解すぎて民衆はおろか、貴族の中でもごく一部の者しか意味を理解できなかっただろう。

前もって決められているやり取りではあるが、答える方は一言一句完璧に諳《そら》んじなくてはならない。本来であれば三年以上の歳月を掛けてゆっくり憶えていくべきものを、ラナはたった半年でこなした。それがいかに驚異的であるかを知るのは、かつて同じ儀式に臨んだオルセーだけ。後に彼はこの件を引き合いに出してはラナを褒め称えることとなる。

大神官が深紅のマントを、そして国を統べる者の象徴である王冠は、今日を以てその地位を明け渡す現国王の手によって授けられた。

――いよいよだ。

ラナはすっと立ち上がり、壇の中央に埋め込まれた「誓いの石」の前へと移動する。

皆が固唾を呑んで見つめる先で、神官が掲げた箱から王笏を両手で取り出した。

戴冠式でのみ披露される杖は、見た目以上の重さがあるというのがもっぱらの噂だ。

民の命を表しているという代物を、果たして左肩を負傷した国王の姪が片手で持てるのだろうか。成功を必死で祈る者、逆に失敗するのを期待している者らが見つめる中、遂にラナの右手が王笏から離された。

先端には国の花である菫《すみれ》をモチーフにした豪華な装飾が施されており、下部はこぶし大の金属の玉が付いている。玉座に就く者はこの杖を振り上げ、玉の部分を誓いの石に打ち付けることで新たな王の誕生を宣言するのだ。

これはあくまでも戴冠式に組み込まれた儀式の一つに過ぎない。成功したからといって素晴らしい王になるとは限らないのはこれまでの歴史が物語っている。半ば形骸化している儀式ではあるが、やはり建国時から続けられた伝統を疎かにできないのも事実だった。

ゆっくりと手首が返され、杖の向きが縦になる。豪奢な王冠を戴いたラナが先端の飾りを見つめてから左手をすっと高く掲げた。そのまま動きを止めた姿を皆が息をするのも忘れて凝視している。

絵画のような光景が不意に静寂を破った。

勢いをつけることなく、掲げた時と同じく静かに杖が振り下ろされる。

小さな鐘を連想させる音が大聖堂に響き渡った。

それと同時に窓から温かな光が差し込み、王冠に眩い煌めきを与える。

――静寂を切り裂いたその音は、暗雲すらも突き抜けて天まで届けられた。

民衆に見せつける派手な動作は一切排除され、振り下ろしたというよりも杖の重さに任せただけのようにも思える。

だが、先端にある玉は寸分の狂いもなく誓いの石へと導かれ、そこから生み出された控えめだが鋭い音色は歴史書へと書き記された。

しばしの沈黙の後、石造りの大聖堂が大きな拍手と歓声に包み込まれる。

歴代の王へと即位を宣言し、ここにスカラファァリアの新たなる王が誕生した。

＊＊＊＊＊

「それでは、わたくしどもは失礼いたします」

神官達が一礼して控室を後にすると、廊下に控えていたヴォルトが入ってきた。マントを外し、王冠の代わりに着けるティアラが傍らに用意されている。戴冠式を無事に終えたラナは大きな姿見の前に置かれた椅子に座っていた。

「お披露目の準備はもう少し掛かるようです」

「……そう」

これからラナは大聖堂で最も高い位置にある「物見の間」と呼ばれる部屋へ向かう。

そこからバルコニーへ出て、広場に集まった民衆へと新たな王となった姿を披露するのだ。言葉を発する必要もなく、ただ笑顔で手を振ればいいだけなのだが、鏡に映る顔は化粧をしているのにどこか蒼褪めて見えた。

「軽食を用意させました。少し休憩いたしましょう」

朝に少しスープを飲んだきりだが、緊張のせいか食欲は皆無に等しい。それでも水分くらいは摂っておいた方がいいだろう。ヴォルトが手にしたバスケットをテーブルに置き、こちらへ近付いてくるのが鏡越しに見える。いつものように手が差し伸べられると思いきや、ラナの騎士は傍らに跪くなり背中と膝裏に腕を滑り込ませた。

「きゃ……っ、なにっ、を……」

「お疲れでしょう。どうぞご無理なさらず、私に任せてください」

壁際に置かれたソファーにヴォルトが座り、腿の上にラナを横座りさせる。右手で腰を支えつつ左手でバスケットの蓋を開けると中から木製のコップを取り出した。

「このハーブティーは神経の昂りを鎮めてくれるそうです。冷ましてありますのでこのままお飲みください」

「ええ……ありがとう」

コップを両手で包み込んで持ち、そっと顔を近づけた。清涼感の中に甘さが見え隠れする香りはラナの好みにぴったりだ。一口飲んでみると爽やかな風味が鼻腔を抜け、渇ききっていた口の中が潤いを取り戻した。

「いかがでしょう」

「とても美味しいわ。ありがとう」

見上げた先でヴォルトがふっと甘い笑みを浮かべている。つられてラナも微笑んでみたものの、唇の両端が僅かに持ち上がっただけのぎこちないものだった。

戴冠式に臨んだ時、全身がこれまで感じたことのない緊張に包まれていた。息をするのもひと苦労な状況の中で手順を間違えずに済んだのは、もはや奇跡としか言いようがない。もしかするとあれは幻だったのではないかと思えるほど、ラナの中ではなかなか実感が湧いてこなかった。

「こちらもどうぞ」

「え……？」

口元に小さな焼き菓子を差し出されて思わず戸惑いの声を上げる。飲み物を持ったまま菓子を手にする行為はがっついていると思われてしまう。マナー違反だとヴォルトだって嫌というほど教えられているはずなのに。

「あの……」

「ラナ、口を開けてください」

ヴォルトの低く、囁くような声での「お願い」にはどうしても抗えない。まるで操られているかのように唇を開くと、その隙間に指で優しく押し込まれた。

「間に挟まっているクリームには、砕いた菫の砂糖漬けが入っているそうです」

「……美味しい」

国旗にも描かれた菫の花は、スカラファァリアが初めて香水を作った時に使われたと言われている。ラナの戴冠を祝う為に、王宮の料理長が新しい菓子を考案してくれたと教えられ、思わず目を丸くした。

「わざわざわたくしなんかの為に時間を取らせてしまって、申し訳ないわ」

「彼らは貴女の即位を心待ちにしていました。ですから、そのように言わないであげてください」

同じものを差し出され、今度は素直に口を開けてしまう。クッキーの軽い食感とバターを多めに使った濃厚なクリーム、そして菫の風味が上手に混じり合った味わいがずっと動きを止めていた胃を刺激したらしい。急に空腹を覚えたラナはすっかりぬるくなったハーブティーを飲み干した。

「戴冠式は……無事に終わったのよね？」

「はい。とても素晴らしい式でした」

「わたくし、は『王笏の誓い』もできたのよね？」

一連の記憶はしっかり残っている。大聖堂の最前列でヴォルトが王妃と並んで見守っていてくれたのにもちゃんと気付いたというのに、未だに夢の中の出来事に思えて仕方がなかった。

空のコップを優しく取り上げられ、握るものを失った両手は微かに震えている。ようやく湧いてきた実感に打ち震えるラナの身体をヴォルトがぎゅっと強く抱きしめた。

「はい。『王笏の誓い』も大神官との問答も完璧でしたよ。貴女は王となり……私を伴侶に迎えてくださるのです」

背中を撫でながらヴォルトが囁く。耳元で言い聞かせるように告げられ、堪らず目の前にある身体に縋りついた。

「よ、か……った……！」

「よく頑張ってくださいました。お披露目が終わったら残るは婚姻の儀だけです。大変ですが、もう少しだけ耐えてください」

戴冠式と結婚式を同日に行うのは異例だが、ヴォルトから参列者も同じなのでまとめた方が良いのではないかと提案された。ラナはそれに同意し、代わりに王宮で開催する祝賀パーティーを翌日の早い時間に命じたのだ。

そうすれば出立の準備も余裕を持ってできるはずなので、多忙な来賓達の予定を圧迫せずに済む。体面を保ちつつ相手の事情にも配慮したスケジュールに、さすがは元宰相補……と皆が感心していたのには残念ながら気付いていなかった。

「陛下、準備が整いました」

扉の向こうからノックと共に声が掛けられる。ヴォルトは未だに縋りついて離れないラナを抱えたまま立ち上がり、元いた椅子へと移動させた。

「これが終われば、私達は夫婦になれますね」

とても待ち遠しいです、と囁いた唇がラナのものに重ねられる。至近距離で深い紫の瞳を見つめていると、いつの間にか震えが収まっていた。

女官によって髪を軽くまとめられ、ティアラを着けたラナが静かに立ち上がる。本来なら女王にエスコートは不要だが、長い階段を上がる必要があるのでヴォルトに手を預けていた。

「ラッパが鳴りましたら、バルコニーへとお進みください」

開け放たれた扉の中央に立ち、ラナはその時を待つ。一度は落ち着いたはずの震えが徐々に湧きあがってきた。なんとかそれを誤魔化そうと扇子を握りしめると、背中にそっと手を添えられた。

力強い音色が少し遠くから聞こえてくる。一瞬の静寂の後、どよめきにも似た歓声が上がり、大聖堂全体が揺れた気がした。

「陛下、参りましょう」

「……ええ」

後ろへ下がりそうになった足を背中に添えられた手が優しく阻む。どのみち逃げられないと諦めに近い気持ちがよぎり、観念したラナは前へと一歩足を踏み出した。

もう少しで手すりに届くという位置まで進むと、広場の全貌が見えてくる。そこには大勢の市民がひしめき合い、入りきれなかった者は橋を渡った先にある小高い丘からこちらに大きく手を振っていた。

「どうして皆、花を持っているのかしら」

全員ではないが、あちこちでラナに向けて振られる手には白い花が握られている。そんな習慣があるなんて聞いたことがない。目を凝らして見てみると、それらはすべて純白の百合だった。

「あぁ、そういえば……ある者達が陛下を『まるで百合のような人だ』と評しているのを聞きました」

「そうなの？　初耳だわ」

「ごく最近の話ですので、ご存じないのも無理はありません」

ラナが王宮に籠っている間にとんでもない話が拡がっていたらしい。立ち姿が気高く咲き誇る百合と似ているそうです、と教えられ他の誰かと間違われているのではないかと疑いたくなる。

「それだけ皆、陛下を歓迎しているのですよ」

正直、お披露目の場にどれほどの人が集まってくれるのか不安で仕方がなかった。なにせラナは国教の教えに反した母を持つ身だ。敬虔な国教徒からは歓迎されないだろうと思っていたのに、予想は大きく裏切られた。

そういえば最近、保守派の貴族達はすっかり勢いを失っている。ラナの即位に強く反対していた者の数名は引退し、残った者もほとんどが隠居を宣言したという報告を受けていた。

ラナが王位継承の準備に忙しくしている間、彼らに一体何があったのか。年齢的に不自然ではないけれど引っ掛かりを覚えるのはなぜだろうか。

「陛下、どうぞ皆に手を振ってあげてください」

ヴォルトから促され、我に返ったラナはおずおずと右手を持ち上げた。肩の高さまで上げた手を左右に揺らした瞬間、歓声が更に大きくなる。

こちらを見上げ続けるのは相当大変なはずなのに、ラナの名を呼び、祝いの言葉を口にしながら手と百合を振る者達は皆一様にはちきれんばかりの笑みを浮かべていた。

大聖堂の外壁を昇ってきた歓声と熱気が若き国王の胸を焦がす。

歓喜に満ち溢れた声は、ラナがバルコニーを去ってもなおしばらく続いていた。

＊＊＊＊＊

ラナは城下町にあった公爵邸を引き払って以降、王族専用の区画にある客間へと居を移していた。だが、戴冠式を無事に終えた今日からは歴代の国王が使っている部屋の主となる。

前王となったオルセーはふた月ほど前、妃と共に同じ敷地にある離宮へと引っ越していった。あまりにも早いのではないかと引き留めたのだが、ラナの好みに合わせて改装するよう命じられ、それ以上は何も言えなくなってしまった。

とはいえ、国王の居室に並ぶ調度品はどれも国宝に匹敵するものばかり。そう簡単に不要だからと退かすわけにもいかず、結局はベッドを含む寝具一式とカーテンを交換するだけに留めた。

「それでは陛下、失礼いたします」

「ええ、ありがとう」

フィリニを筆頭に身支度を整えてくれた侍女達が部屋を後にする。一度はソファーに座ったもののどうにも落ち着かない。結局は立ち上がり、周囲をうろうろと歩き回ってから窓辺で足を止めた。

カーテンに背を預け、改めて部屋を見回してみる。

スカラファリアは領地こそ広くはないが、植物の栽培に適した気候のお陰で産業資源が豊富な国だ。植物から精油を抽出する独自の精製技術を有しているので、香水をはじめとした嗜好品を輸出することで順調に資産を築いている。

そんな豊かな国の国王が暮らす部屋が貧相であっていいはずがない。様々な書物から得た情報によると、これでも地味な方らしいが、場違いな気持ちが払拭しきれずにいた。

暖炉の前に移動して横の壁に掲げられた巨大なタペストリーを眺めていると、控えめなノックの音が聞こえてきた。

「失礼いたします」

廊下に繋がる方ではなく、隣室へと直接出入りする扉からヴォルトが入ってきた。タペストリーの前に佇むラナを見つけると真っ直ぐにこちらへ近付いてくる。

「どうかなさいましたか」

「いいえ。ただ、なんとなく眺めていただけ」

スカラファリア王国の紋章が織られたこのタペストリーは、たしか国の北西部と隣接しているアルコバ公国から、同盟締結二十周年を記念して贈られたものだと記憶している。毛織物工業が盛んなかの国で熟練の職人によって織られただけあり、紋章の細部まで見事に表現されている。

果たしてこのような見事な品々に囲まれて過ごす価値が自分にあるのだろうか。戴冠式を終えた直後だというのに不安ばかりが募っていく。

「ラナ」

柔らかな問いかけと共に背後からやんわり抱きしめられた。ガウン越しに伝わる体温が心地よくて、思わずヴォルトに重みを預けそうになる。腰に巻き付いた手に同じものを重ねると更に拘束が強められた。

「なにか気掛かりがあるのなら、私に教えてください」

「それは、ないけど……」

「けど？」

「この部屋に慣れるのにどれくらい掛かるのかを、考えていたの」

十四歳まで過ごした修道院の部屋はとても狭かった。同世代の子供は皆一様に大部屋だったので、それでも破格の待遇だったのだろう。狭いベッドに小さな書き物机があるだけの殺風景な空間に慣れていたから、公爵邸でも必要最低限の家具を置いた一番小さな部屋で寝起きしていた。

だから贅の限りを尽くしたこの場所の主だと言われても、正直戸惑いしか感じられない。ここを居心地よく思える日が来るとは、とても想像ができなかった。

「ごめんなさい。おかしな事を言って」

「いいえ。教えてくださって嬉しいです」

ヴォルトはこめかみに軽く口付けてから柔らかな声で囁く。そしてラナを縦抱きにすると衝立の奥に鎮座するベッドに向かって歩き始めた。

「もし落ち着かないというのなら内装を一新しましょう。これまでのデザインに倣う必要はありません」

「それはちょっと……気が引けるわ」

「貴女が快適に過ごせることがなにより重要です。遠慮はいりませんよ」

ヴォルトはどこまでもラナを最優先に物事を考えてくれる。最初の頃はそれに申し訳なさばかり感じていたのが、徐々に喜びの方が上回るようになってきた。真新しい寝具に優しく横たえられたラナの顔には淡い笑みが浮かんでいる。

実のところ、カーテンやベッドを選ぶのにもひと苦労だった。華美な装飾は避けたいけれどあまりにもシンプルだと部屋の調和を乱してしまう。出入りの商人を前にして何度「任せる」と言いそうになっただろうか。

それでもなんとか決められたのは、ひとえに同席してくれたヴォルトのお陰だった。濃い緑色のカーテンにはスカラファリアに咲く花々の刺繍を入れさせたが、同系色の糸を使っているので華やかさの中にも落ち着きがある。ベッドは広さと快適さを重視し、天蓋から吊るす布の外側にだけビーズを金糸で縫い付けてバランスを取ることにした。

仰向けになったラナの視界に影が差す。覆い被さってきたヴォルトの前髪に手を伸ばして邪魔になっているであろう部分を払ってあげた。

「ですが、このベッドで私と共に過ごすことだけは、早く慣れていただけると嬉しいです」

「ええ……」

そうだ。ラナは今日、盟約に則って辺境伯の次男であるヴォルト・キーショアと正式に夫婦になったのだ。

怒濤のように色々な出来事が押し寄せたせいでまだ実感が湧いていない。けれど、国王夫妻のみが立ち入りを許される寝所に二人きりでいるのがその証拠だろう。

「夢……じゃないのよね」

お披露目を終え、ティアラの上から長いヴェールを被って結婚式に臨んだ。神の前で生涯を共に生きると誓い、お揃いの腕輪も交換した。

ヴォルトの頬に添えた左手にはしっかりとそれが嵌っている。ラナが呟くと、夫になったばかりのラナの騎士がふわりと微笑み、左の掌に口付けた。

「ええ、現実ですよ。ですが私にとっては夢のようです」

結婚式もまた厳格な雰囲気の中で執り行われた。結婚宣誓書に署名し、腕輪を交換した後に誓いの口付けをする。これは儀礼的なものなので軽く唇を重ねるだけ。それなのに、ヴォルトはキスする直前、ラナにしか聞こえない声で「愛しています」と囁いた。

人目がある場所では決して甘さを出さないというのにどういう風の吹き回しだろう。言葉を返すなどという気の利いた真似ができるはずもなく、硬直しているうちに口端にキスされて終わった。

夢のようだと思っているのはラナも同じだ。母に捨てられ、父を亡くし、女王になる道と大好きな婚約者まで失った。その事実をなんとか受け入れて新たな道を歩み出したはずだったのに。

目の前にあるのは、一度は結ばれる道を失った男《ひと》の顔。ラナを見下ろす眼差しには灼けつかんばかりの熱を孕んでいて、見つめ合っているだけで身体が火照ってくる。思わず吐息を零せば、重ねられた唇に素早く吸い取られてしまった。

「ん……っふ、はぁ……っ」

いつもは寡黙で不愛想な騎士が、ラナと二人きりの時には柔らかな笑みと共に甘い言葉を囁いてくれる。最初はその落差に戸惑ったけれど、人の目がある場所で微笑まれたらとても平静を保っていられないだろう。

それに、嬉しそうに笑う顔にはかつての天真爛漫な少年の面影がある。それを他の人に見られるのが嫌だった。

婚約が決まって以来ヴォルトから事あるごとにキスされていたけれど、今日はいつもと違う気がする。ラナの頬に触れたものから微かな震えを感じ、そっと手を重ねた。

「どう、したの？」

いつだって落ち着きを失わない騎士が感情を昂らせている。何か粗相があったのかと不安になっていると苦笑いが寄越された。

「ようやく貴女の夫になれたと思うと……抑えが利かないかもしれません」

ラナはしばし深い紫の瞳を見つめてからふっと微笑んだ。重ねていた手を再び伸ばし、照れ臭そうに微笑む夫の顔を引き寄せた。

「抑えないで、ヴォルトの好きなようにして」

「いいの、ですか？」

「えぇ、今のわたくしは……貴方のものだから」

国王となったラナは何をおいても国益と民を優先しなくてはならない。それが国を背負う者に課せられた使命であり、責務だと言える。

だが、今はベッドで夫と二人きり。この時だけは王冠の存在を忘れて妻として振る舞いたいと願うことくらいは、きっと赦してもらえるはず。

ラナの言葉にヴォルトの目の色が変わった。より深さを増した紫の輝きに、なぜかぞくりとしたものが背中を駆け抜ける。

「ヴォル………んぅっ！」

呼び掛けは荒々しいキスに遮られ、びくりと揺れた頭はすかさず押さえ込まれた。性急な仕草で捻じ込まれた舌が口内を容赦なく蹂躙する。逃れる術を失ったラナはただひたすらに次々と送り込まれる刺激を受け入れるので精一杯だった。

「私の心を乱せるのは……貴女だけだ」

「わたく、し……が？」

「そうです。幼い頃、私が勉強は辛くないかと訊ねた時にラナはなんと答えたか憶えていますか？」

あの時のラナは、日中のほとんどの時間をありとあらゆるレッスンに費やしていた。夜遅くまで山のように出された宿題をこなし、予習を完璧に済ませないとベッドへ向かうのは赦されない。いつ終わるともしれない多忙な日々に疲れ果て、どこか遠くへ逃げてしまいたいと思ったことは一度や二度ではなかった。

婚約が内定していた二人はよく王宮の庭園や応接室でお喋りしていた。訊ねられたとすればきっとその時だろうが、残念ながらそのやり取りをした記憶はなかった。

ラナが素直に白旗を上げると、ヴォルトはくすっと小さく笑う。そんなにもおかしな返事をしたのかと不安になってきた。

「ラナは教科書を抱きしめて、沢山勉強して立派な国王にならないと私に恥ずかしい思いをさせてしまう。だから、これくらいは平気だと言ってくれたのです」

過酷なレッスンから逃げなかったのは、ラナが王位を継ぐのを楽しみにしている人達がいたからに他ならない。その中でも目を輝かせながら「ラナは凄いな！」と褒めてくれた少年の存在は大きな支えになっていた。

今と変わらず内気で恥ずかしがり屋だったはずなのに、気持ちを正直に伝えられたとは実に珍しい。きっと睡眠不足で少し意識が朦朧としていたのだろう。

突然の暴露話に狼狽《うろた》えるラナを眺める瞳が潤んでいるように見えるのは気のせいだろうか。蕩けそうな笑みを浮かべたヴォルトが朱に染まった頬へとキスしてきた。

「私はラナにそう言ってもらえたことが本当に嬉しくて、その日の夜はなかなか眠れませんでした」

「そうだったの……ごめんなさい」

「謝らないでください。お陰で次の日から剣の訓練に真面目に取り組むようになったのですから」

当時のヴォルトは堅苦しい剣術よりも野原を駆け回っている方が好きだったが、ラナが自分の為に頑張っているのに遊んでばかりいられない。一日でも早く騎士として認められたくて稽古を受けるだけでなく、自主練習まで始めたのだと語った。

「私はあの時に誓ったのです。この先どんな困難が待ち受けていようと、貴女の伴侶になるのだ……と」

そういえば、ヴォルトはある時期から剣の稽古やマナーレッスンについてしきりに話してくるようになった。手にマメができた、模擬戦で新米騎士にもう少しで勝てそうだった。ヴォルトがはしゃぎながら事細かに報告してくれるのを聞くのが楽しくて、約束の時間を度々過ぎてしまっていた気がする。

あの時はただ単にヴォルトは剣を振るうのが好きなのだと思っていたが、まさかそれらのすべてがラナの為だったなんて。

「そんなふうに想っていてくれたなんて、全然知らなかったわ」

「ええ、つまらない意地を張っていましたから」

言葉を交わす合間を狙って軽やかなキスが降ってくる。じゃれ合うような口付けを繰り返すうちに徐々に深いものへと変わっていった。呼吸さえも奪われてしまいそうな激しさに怖気づきそうになる。だが、ヴォルトに自由な振る舞いを許した以上は拒むことはできない。必死の思いで応えていると、気付かないうちにガウンの腰紐が解かれていた。

「あっ……ま、って……」

抵抗もむなしく前が開かれ、中に着ているものがヴォルトの前に晒される。湯あみを終えたラナはいくら初夜に臨むとはいえ、こんな可愛らしいものは自分に似合わないと抵抗した。だが、侍女達から「ヴォルト殿下は必ずお喜びになります」と押し切られてしまった。

菫色の薄い生地を重ねたネグリジェは銀糸で縁取りがされている。夫の色を閨《ねや》で纏うだなんて、可愛らしい花嫁じゃなければ許されない所業のはず。何も言わないのは、きっと呆れているからに違いないと目をつぶって身構えた。

「ラナ」

甘く囁くような声で名を呼ばれ、同時に背中へと腕が回される。そのまま上半身を抱き起こされた肩からガウンが滑り落ちた。

「もっとよく、私に見せてください」

咄嗟に身体を隠そうとした腕は両方ともやんわりと手首を掴んで制された。広いベッドの上で向かい合わせに座り、夫を喜ばせる為に誂えたものをじっくり見せる羽目になるだなんて考えてもみなかった。

「なるほど、スリットが入っているのですね」

「あっ……んんっ」

膝のあたりまで裾から切り込みが入っているお陰で、細身のシルエットかつ足首が隠れる丈でも窮屈さを感じない。だが、そのせいで横座りになった右脚が半分くらい剝き出しになってしまった。慌てて膝を揃えようとしたが、そこから滑り込んだ手に太腿を撫で上げられて思わず甘い声を漏らす。

「とても似合っています」

「あり、がとう……」

ヴォルトが褒めてはくれたものの、少し複雑な気分になる。なにせ騎士として王国随一の美しさを誇る王女に長年仕えていたのだ。プリシラを見慣れている彼からすれば、ラナがどんなに着飾ったところで無駄な努力に思えるだろう。

こみ上げてきた苦いものをもう一度飲み込もうとする寸前、後頭部にヴォルトの手が回された。引き寄せられる力に抗わずにいると荒々しく唇を重ねられる。

「んっ……ん、は……ぁっ」

スリットから侵入してきた手は膝小僧を包み込んでから足首の方へと滑っていく。こんなところを撫でられるのは初めてで、ふくらはぎを揉むような手付きにふるりと身を震わせた。

「脱がせるのは勿体ないのですが……早くラナの肌に触れたい」

低く掠れた声にヴォルトの理性が失われつつあるのを感じる。言うが早いか、胸元を飾る銀のリボンが解かれた。

「あ……っ」

ヴォルトの指がリボンに隠されていた金具を外す。かちんと小さな音が鳴ると同時に肩紐がするりと抜けた。これを着せてくれたフィリニ達からは一見複雑な構造に見えるけれど実は簡単に脱げると教えられていたが、どうして手順を知っているのだろう。

ひんやりとした外気を感じて咄嗟に胸元を押さえようとしたが、艶やかに微笑むヴォルトの眼差しによって阻まれてしまった。

辛うじて胸に引っ掛かっていた生地は小さく身じろぎすると呆気なく滑り落ちていく。

裸の背に手が添えられ、キスと共にゆっくりと仰向けに倒された。

「全部、見せてください」

背中から移動した手が腰を浮き上がらせて残りを素早く抜き去った。一糸纏わぬ姿を隅々までじっくりとヴォルトが見下ろしている。灼けつかんばかりの眼差しに肌を炙られ、ただ見つめられているだけなのに身体が火照ってきた。

そういえば、ヴォルトはまだガウンをしっかりと着込んでいる。自分だけ裸体を晒していると気付いた途端、言いようのない恥ずかしさがこみ上げてくる。遂に耐えきれなくなったラナは顔を背けてきつく目を瞑った。

「そんなに……みな、い……で……」

一時期に比べれば随分と肉付きが良くなったとはいえ従妹には遠く及ばない。ランプの灯りに照らされた身体は夫の目にどう映っているのだろう。失望させてしまったのではないかと不安になってきたラナの耳に小さく笑う声が届けられた。

「すみません。つい見惚れてしまいました」

ぎしりとベッドが揺れ、頬にキスが落とされる。耳元でもう一度すみません、と囁く声と共に衣擦れの音が聞こえてきた。再び身を起こした気配がしてそっと目で追えば、こちらを見つめながらガウンを脱ぐヴォルトの姿がある。

ラナと目が合うなり紫の瞳がとろりと細められる。もどかしげに寝間着を脱ぎ捨て、再び覆い被さるなりきつく抱きしめられた。

「幸せすぎて、頭がおかしくなりそうです」

「……え?」

分厚い筋肉に覆われた胸から大きな鼓動が響き、ヴォルトが何と言ったのか聞き取れない。顔を上げて聞き返したものの、言葉の代わりに激しい口付けが与えられた。舌を引きずり出され、ざらついた面を擦り合わせるように絡ませる。徐々に乱れていく呼吸の音と淫らな水音が国王の寝室を満たしていった。

「……ヴォル、ト……っ。そこ、は……駄、目……っ!」

喉を滑り落ちた唇が鎖骨へ押し付けられると、ラナは咄嗟に目の前にある肩を摑んだ。いつもの装いでは隠れる場所だが明日は結婚披露パーティーで、襟ぐりの大きく開いたドレスを着なくてはならないのだ。

いくら初夜の翌日とはいえ、女王が情事の痕をつけたまま公式行事に参加するなどあってはならない。制止が功を奏したのか、ヴォルトは軽く嚙みついただけで諦めてくれた。

「ひゃ……んんっ!」

下へと移動したヴォルトは胸の間に顔を埋める。鎖骨の代わりと言わんばかりに強く吸い付かれ、堪らずラナは声を上げた。それに気を良くしたのか定かではないが、両方の胸を大きな手によって摑まれ、卑猥な形へと変えられた。

「ラナ、声をもっと聞かせてください」

「は、ずか……し、い………っ」

これまでより荒々しい手付きで揉みしだかれ、快楽の中に微かな痛みが混じっている。むしろそれが更なる刺激となって疼きを募らせた。声を抑えようと唇を噛んだのに気付かれたのか、膨らみの頂を強めに摘まれる。

「んん……っ！」

くぐもった声を漏らして何とか疼きを散らそうとしたが、ヴォルトはそれが気に入らなかったようだ。胸の間に刻んだ徴をぺろりと舐めてから唇をより下へと滑らせ、臍下の柔い部分にもう一つ徴を刻む。

「ラナは昔から照れ屋でしたね。そこがまた愛おしかった……もちろん、今もですが」

「ま、まって……そこは……っ！」

ようやく膨らみを嬲る手から解放されたと思いきや、脚を大きく左右に開かれた。知らぬ間に潤っていた秘部がヴォルトの眼前に晒され――躊躇いなく唇が寄せられる。

「やっ……ヴォルト………止め、て……あああ……っ！」

舌先が肉唇を割り開き、その奥にある秘められた場所へとあっさりと到達した。入口を軽く突かれただけで蜜が溢れてきたのを感じ、ラナは身を捩って逃れようとする。だが、腰を掴んだものがそれを赦すはずもなく、逆に引き剝がそうとした手が捕らえられた。

閨の授業でこんなものは習わなかった。いや、仮に教わったとしても自分には関係ないと思っていただろう。いくら丁寧に洗われているとはいえ、不浄の場所を舐めるなんて早く止めさせなくては。理性を失わない思考とは裏腹に、指とは明らかに違う柔く湿った感触で疼きが急激に加速していった。

「きゃっ……あああぁ――――ッッ!!」

尖らせた舌先が蜜壺の中に挿し入れられる。ごく浅い場所をただ行き来しているのに吐息とあいまって未知の刺激を連れてきた。下肢が引き絞られ、蜜がどぷりと溢れ出たと思いきや、あろうことかヴォルトが一滴残らず舐め取ってしまう。

視界が徐々に霞みはじめ、思考も鈍ってくる。そんな中でも感覚だけは鋭敏で、秘豆を食まれた瞬間に大袈裟なくらい身体が震えた。

指を絡めるように繋がっていた手が解放されたものの、最早抵抗する余裕など残されていない。舌に代わって指が蜜壺へと沈められ、ラナは敷布を握りしめたまま激しく身悶えた。

「おねっ……がい、も…………っ、駄目ぇ……ッッ!!」

弱い場所を容赦なく攻められながら秘豆に歯を立てられた瞬間、ぶわっと全身の肌が粟立った。重だるい身体が不思議な浮遊感に包まれ、ラナはくたりとシーツに身を沈める。

空気を求めて荒い呼吸を繰り返す唇に柔らかなキスが降ってきた。ぼんやりとした視界の中、艶やかな微笑みだけは妙にはっきりと見える。

「私はラナの全てが見たいのです。夫なのに知らない場所があるなんて……とても耐えられそうにない」

ヴォルトは乱れた前髪を雑にかき上げると再びラナの膝裏に手を掛けた。大きく広げられた場所に腰を寄せ、張りつめた昂りを押し当ててくる。達したばかりだというのに、入口をゆっくりと上下する熱と硬さを感じた途端、強請るように腰が揺らめいてしまった。

「そろそろ……限界です」

「あっ……ふ、っう……んんん…………っ」

十分解れているはずなのに、それでもヴォルトを受け入れるのには狭かったらしい。久しぶりに受け入れた怒張を肉襞が容赦なく締め付け、見上げた先にある端整な顔に苦悶の気配が乗る。軽く引いてから再び奥に進むという動きを繰り返し、ようやく最奥へと辿り着いた。

「ラナ……目を開けてください」

上体を倒し、腕を背に回したヴォルトが囁く。熱情を隠そうともしない眼差しに浮かされ、自然と身体が反応する。肉筒が更に狭められると眉間に薄く皺が寄った。

「今、貴女の中には誰がいるのですか?」

「……ヴォルト、よ」

答えはわかりきっているというのに、どうしてそんなことを訊ねるのだろう。不思議に思いながらもラナは正直に答えた。ヴォルトはその答えを聞くなりふっと口元を綻ばせる。

「そうです。私は、今日を以て貴女の夫になりました」

時折背中に当たる硬い感触は、彼の左手首に嵌っているものだろう。ヴォルトは今日からキーショアの名を捨て、国王の代理となる「王配」という地位を得た。王配には国王が不在の時には代わりに指示を出す権限が与えられているものの、王位の継承権は放棄すると先に言われている。

——私はただ、貴女の伴侶になりたいだけなのです。

国が欲しいのではなく、国王であるラナにとって最も近い地位が欲しかった。いつぞやと同じ言葉を繰り返された時、涙を堪えるのに必死だった。

ヴォルトは誰からも選ばれなかったラナを唯一選んでくれた人。

一度は結ばれるのを諦めた想い人と胎の奥深くで繋がっている。そう思い至った途端、じわりと涙が浮かんできた。

「ラナ、泣かないでください」

「ごめん、なさい……」

感情の揺らぎを抑える練習ならこれまで何度もしてきた。表情を取り繕うのは得意なはずなのに、どうしてもヴォルトの前では上手くいかない。ぽろぽろと涙を零すラナを少し困ったような、だけどどこか嬉しそうな顔をしたヴォルトが優しく宥めてくれた。

「ずっと……傍に、いてくれる？」

睫毛に雫を纏わせながら問う声はひどく震えている。緩やかに弧を描いた唇が瞼に押し当てられ、残った涙を余すところなく吸い取ってくれた。

「勿論です。私は、貴女の唯一になる為に生まれてきたのですから」

辺境伯の次男として生を受けた瞬間、彼の運命は決められていた。選ぶ自由を奪われたと嘆いてもおかしくないはずなのに、ヴォルトはそれを喜んで受け入れた。

そして――また失うのが怖くて手を取れなかったラナへ、何度振り払っても諦めずに差し伸べ続けてくれた。

ヴォルトがラナを望むのは幼い頃から教え込まれた盟約が影響しているのかもしれない。でも、それでもいいから傍にいて欲しいと心の底から願った。

逞しい背に腕を回し、力の限りに引き寄せる。重なった胸から伝わる鼓動が急に大きくなった気もするが、最早どちらのものかわからなくなっていた。

「あっ、んん……っ」

咥え込んだものが更に質量を増し、堪えきれずに甘い声を漏らす。ヴォルトもまた苦しげな顔でより一層腰を引き寄せてきた。

「はぁ……もっとラナを感じていたかったのですが、そろそろ限界のようです」

「んっ、ヴォルト……はげ、し…………っ、あああ――ッッ!!」

律動と共に押し付けられる位置が変わり、ラナは夫に縋りついたまま身悶える。最奥を抉られる度に視界に眩い閃光が走り、限界が近付いているのを教えてくれた。

「もう二度と……離れません」

絶頂の余韻に震える身体がきつく抱きしめられる。ラナは全てをどこか遠くに感じつつも、重い腕をなんとか持ち上げて抱きしめ返した。

第八章　望まぬ再会

「突然のお目通りをお許しいただき、感謝いたします」

「気にしないで。それで、なにがあったのかしら」

外交を担当する大臣から面会の申し入れがあったのは二時間ほど前のことだった。

「出来るだけ早い時間にお目にかかりたい」という言伝に謁見から戻ったばかりのラナは何事かと身構えた。

外交大臣は若いものの慎重な性格で、これまで焦っている姿を一度も見たことがない。そんな彼が急ぐ内容とは一体どんなものなのか。動揺が表に出ないように努めながら今日の予定を思い浮かべ、二時間後に執務室へ来るように伝えた。

そして時間ぴったりにやって来た大臣の顔を見て更に疑問が深まる。そこにあるのは怒りや悲しみといったものではなく、敢えて表現するのであれば「困惑」が最も近いだろう。

争いの兆候は無さそうだと安堵しつつも油断はできない。

「実は本日、こちらの書状が届きました」

懐から取り出されたのは、上質な羊皮紙。国王宛と密使から渡されたそうだが、外交に関わる書状は大臣が先に目を通す決まりになっている。見慣れぬ封蠟の紋様に怪訝な顔をすると、大臣がすっと表情を硬くした。

「サルダナ王国から訪問を打診されました。ラナ陛下の国王就任を祝いたいとのことです」

「……サルダナ、ですって？」

その名を聞いたラナは思わず言葉に詰まる。ようやく大臣が妙な表情をしていた理由が判明したが、その内容に今度はこちらにまで困惑が感染《うつ》ってしまった。

サルダナ王国は同じ大陸にある、山脈に囲まれた国。豊富な地下資源を有しており、ラモルテほどではないが近隣国へ大きな影響力を持っている。

だが、現在のスカラファリアはかの国と国交を断絶している。

その原因は――ラナの母親にあった。

サルダナ王国の第三王女、ヴァネッサはラナの父親である当時の王太子と結婚した。同盟を結んだ証としての婚姻だったが、ヴァネッサ王女は乗り気でなかったらしく「王妃になれるのであれば」と渋々輿入れした。

彼女は煌びやかな場に赴くのを何よりも好んでいたらしい。結婚してから二年後に生まれた娘をさっさと乳母に預け、自由奔放な生活を送っていたと聞いている。その証拠に、ラナには同じ王宮内に住んでいたはずの母親の記憶がほとんど残っていない。

父が王位継承権を放棄すると、ヴァネッサは話が違うと激怒したらしい。周囲の制止には一切耳を貸さずにさっさと母国へと帰ってしまった。その事実が広まるなり、国教の教えに背き、病床の夫を捨てた非情な女と激しく非難されたのだ。

その件をきっかけとして両国の関係にひびが入り、今でもなおヴァネッサの存在は王宮内で禁忌のような扱いを受けている。

母親の一連の振る舞いは、ラナの人生に大きな影を落とした原因と言っても過言ではない。そんな因縁のある国から、即位するなり訪問の打診を受けるとは思ってもみなかった。

なにをどう判断するべきなのか。空回りしそうな思考を必死で巡らせていると、背中にそっと大きな手が添えられた。

テーブルに置かれた書状にはしっかりとサルダナ国王の印が捺されており、偽造でないことは確認済みだという。ラナは文章にじっくりと目を通し、別の意図が隠されている可能性を探った。だが、今はまだ判断する材料が少なすぎる。

「これを機に国交の復活を打診するつもりなのかしら」

「可能性は大いにあります。サルダナの貴族達はスカラファリア産の香水を手に入れるのに苦労しているとの噂がありますから」

「ヴォルト殿下の仰る通りです。私も複数の貿易商からその話を聞きました」

スカラファァリアで生産する香水は他の国の物よりも香りが良い上に長持ちすると評判になっている。だが、その品質を保つために精製には非常に手間が掛かるので増産しようにも限界があった。輸出してもほとんどが輸入した国内で消費されてしまうので、国交の無い場所に転売される数は非常に少なく、かつ高価になっている。

どうしてヴォルトがサルダナの事情に詳しいのか、少々疑問に思いつつも「そう」と呟いた。

個人的には良い印象は抱いていない。だが、公私は切り離して考えるべきだろう。

サルダナは数多くの鉱山を持っており、宝石や燃料など、多岐に亘る取引が期待できる相手。向こうから歩み寄ってきたのであれば、もしかすると好条件を引き出せるかもしれない。そう考えると訪問の打診を無下にするのは勿体ない気がしてきた。

「訪問は、受け入れる方向で検討しましょう」

「……よろしいのですか？」

「ええ。あちらの出方次第では国交を復活させる可能性がある。だけど今回はあくまでも様子見よ。議会ではそのように報告して」

「承知いたしました」

亡父と親交の深かった宰相はきっといい顔をしないだろう。父と同世代や敬虔な国教徒からの反発は免れないかもしれない。だがもうあの事件から十年が経っているのだ。遺恨のある相手とはいえ、そろそろ和解してもいい時期ではないだろうか。

すべてはスカラファァリア発展の為。ラナは自分自身に何度もそう言い聞かせた。

◇◆◇

いよいよ今日、サルダナから訪問団がやって来る。初めての書状を受け取ってからたった二ヶ月。異例の速さで実現した因縁のある国からの訪問は、皆がそれぞれに複雑な想いを抱いていた。

案の定、議会でこの件を発表した途端、一部の大臣や高位貴族からは猛反対を受けた。当初の予定とは変わったにせよ、勝手に離縁を宣言して出ていった王女を追い返さずに受け入れるなど、スカラファァリアを見下しているが故の行為に他ならない。いくら国王が代替わりしたとはいえ、そんな失礼極まりないサルダナと国交を復活させる必要はないと。

三年前、サルダナの国王はヴァネッサの父が崩御したことに伴い兄へと代わっている。ラナにとっては伯父にあたる人物ではあるが、当然ながらこれまで顔を合わせる機会はなかった。

訪問団に王族は含まれておらず、外交を担当する貴族と数名の文官、そして従者で構成される予定だと聞いている。ラナは危惧していた事態は起こらなそうだと内心では安堵していた。

先触れの到着が報告されたラナはエントランスへと向かう。中央に立ち、左側には宰相が、そして右側にはヴォルトが並んだ。馬蹄が石畳を叩く音が徐々に大きくなってくるのを耳で感じながら、ラナはすっと姿勢を正した。

馬車の数は十あまり。少しは配慮してくるかと思いきや、堂々とサルダナ国旗を掲げているではないか。それが気に障ったらしく、左隣の宰相が珍しく険しい表情をしていた。

残念だが――これは「無し」だ。

このまま一行にはお引き取りいただき、ラナは回れ右をしてさっさと執務に戻ってしまいたい。だが、こちらも受け入れると伝えた手前それは難しい。それに、失礼に失礼を返して同レベルだと思われるのは避けたかった。

滞在は今日を含めて十日を予定しているそうだが、できる限り早めに帰ってもらえないか調整するよう指示を出そう。ラナはそう決めることで溜飲を下げ、馬車の扉が開かれる直前にはなんとか笑顔を作った。

「遠路はるばる、スカラファリアにようこそお越しくださいました」

「あ……あの、盛大なお出迎え、痛み入ります」

訪問団の代表は外交官であるマクルモア侯爵。こういった場には慣れていないのか、出迎えたラナ達を前にしてひどく緊張しているように見えた。

彼は宰相がヴォルトや大臣を紹介する間も額に浮かんだ汗をしきりに拭っている。これ以上萎縮させるのは気の毒だと思ったのか、困惑を残しつつも皆一様に穏やかな口調で挨拶をしていた。どうしてこんな人物をサルダナは寄越したのだろうか。本気で単なるお祝いだからなのか、それとも……。

どんな意図があるのか読み切れないものの、警戒するに越したことはない。当初の予定通り、接触は必要最低限にしようと心に決めた矢先——侯爵の後ろから明るい声が上がった。

「ラナ！　久しぶりね!!」

「は……？」

少なくとも表面上は和やかだった歓迎の場が一瞬にして凍り付く。

ヴォルトがラナを庇って一歩前に出ると、いつでも剣が抜ける体勢を取った。その肩越しに見えた宰相の顔ははっきりと不快の色に染まっている。

嬉しそうにラナの名を呼び捨てにした女性がマクルモア侯爵の隣に立った。昼を少し過ぎたばかりの時間だというのに、夜会に出席できそうな露出の多い真っ赤なドレスを着ている。

肩に掛かった漆黒の髪を優雅な仕草で払い除け、髪と同じ色をした大きな目を細めるその姿は記憶に残るそれと重なった。

周りから完全に浮いた装いを気にした様子もなく、十年ぶりに顔を合わせたヴァネッサは微笑んでいる。ラナは向けられた屈託のない笑顔に言葉を失った。

どうして――ここに？

「も、申し訳ありません……。その、出発直前になって、妻が是非とも同行したいと言い出しまして……」

マクルモア侯爵がしどろもどろな口調で言い訳している。だが、彼が「妻」と呼んだヴァネッサは説明が終わるより先に、こちらへずんずんと歩み寄ってきた。

そしてラナとの対面を阻む騎士服の夫を不思議そうな顔で見上げる。

「ちょっと貴方、退《ど》いてくれない？」

「陛下がお許しにならない限り、それはできかねます」

「あたしはラナの母親なのに、どうして警戒されているのかしら。おかしな人ねぇ」

ころころと笑うヴァネッサに対し、ラナの騎士は無言のままその場から動こうとしなかった。

ラナが冷静さを取り戻せたのはヴォルトが壁になってくれたお陰だろう。目を閉じて深呼吸を一つ。ゆっくり目を開けるとお腹に力を入れた。

「ヴォルト、大丈夫よ。退いてちょうだい」

「……承知いたしました」

右手を剣の柄に掛けたまま、ヴォルトは元いた位置へと戻っていく。ようやく拓けた視界の先にはぱっと表情を明るくした母の姿があった。

「まぁ……すっかり大人になったわね。ラナ、元気にしていたかしら？」

弾んだ声で問いかけてくるヴァネッサを前にすると、なにも問題など起こっていなかったような錯覚に陥ってくる。もしかするとお互いに認識のずれがあったのかもしれないとすら思いつつ、ラナは微笑みを浮かべて簡易礼を取った。

「お陰様でつつがなく過ごしております。マクルモア侯爵夫人もお元気そうで何よりでございます」

「あら、ラナってば照れなくてもいいのに」

――――え？

どういう意味かと問うよりも先にヴァネッサに両手を取られる。軽く上下に揺らしながら、ドレスと同じ色をした唇の両端がきゅっと吊り上げられた。

「そんなにかしこまらないで。昔のように『お母様』と呼んでいいのよ」

ラナにそんなつもりはなく、ただ今の関係性において適切だと判断した呼称を使ったに過ぎない。だが、ヴァネッサは呼びたいのを我慢しているとでも思ったらしく、満面の笑みと共に許可を与えてきた。

「……はい、ありがとうございます」

この程度の勘違いは訂正するほどのものではない。それに遠方からはるばるやって来た客人達をこれ以上待たせるわけにはいかなかった。ラナが微笑みと共に返すと満足そうな顔で頷かれた。

「……皆様、お部屋にご案内いたします」

宰相の低い声が歓迎の場に終わりを告げた。ヴァネッサはもう一度手をぎゅっと握るとラナを上目遣いで見つめる。

「必ず時間を作ってあげる。だから、お茶でも飲みながらゆっくりお話ししましょうね」

返事をするより先に手が解放された。真っ赤なドレスを翻し、母親はさっさと王宮の中へと入っていく。勝手知ったる様子で進んでいく後ろ姿を眺めながら、ラナは密かに溜息を零した。

これではどちらが女王なのかわからない。

動揺のあまり上手く切り返せなかったことを反省しつつ歩くラナを、深い紫色の瞳がじっと見つめていた。

◇◆◇

サルダナからの訪問団が滞在して三日が経った。

ラナは終わらせるべき仕事を何とか片付け、大急ぎで執務室を後にした。目指す場所はサンルーム。約束の時間には十分間に合うが早めに着いておきたい。相手のペースに巻き込まれない為に落ち着く時間が必要だった。

「ラナ、待っていたわ！」

「え……？」

約束している三時まであと十五分はあったはず。それなのにヴァネッサはティーカップを置くとおもむろに立ち上がり、こちらへやって来た。同行してきたヴォルトが定位置である右斜め後ろから一歩前に出てくる。この後に彼がどんな言葉を口にするかを瞬時に察し、ラナはさっと手を上げて制した。

この茶会はスカラファリアの女王が、サルダナ訪問団の代表の妻を招いた形を取っている。

こちらが遅れたのであればいざ知らず、いくら客人であっても身分が上の者の到着を待つのが礼儀だろう。壁際に居並ぶ侍女の顔に困惑の色が浮かんでいるところを見ると、ヴァネッサが先にお茶を出すよう命じたのだと推察できる。ラナが彼女達へ安心させるように微笑むと、ようやくほっとした表情を見せた。

「さぁさぁ、こちらに座りなさい。ほら、お前達はなにをぼさっとしてるの？　新しいお茶を用意しなさい」

「か、かしこまりました」

ヴァネッサはラナの手を引き、本来は客人が座る方のソファーへと導いていく。招く側の席の前にはほとんど中身が減っていないカップがあったが、侍女が素早く回収していった。

主催者の席に座ったラナの母親は、「これ、美味しいわよ」と機嫌よさそうに細工の施された砂糖菓子を指差した。やはりどちらが主人なのかわかったものではない。

もしかするとサルダナでは、こちらと逆の席次ルールなのだろうか。彼女がかつてこの国の王太子妃であったという事実は忘れた方がよさそうだ。

「なかなか会えなくて寂しかったわ」

「……申し訳ございません。少々忙しい時期でございまして」

歓迎の場で予告した通り、ヴァネッサは到着した次の日に「お茶でもどうか」と言伝を寄越してきた。だが、指定された時間はサルダナの訪問団との会合と重なっている。まさか、ラナが出席しないとでも思っているのだろうか。困惑しつつも断りの返事を出した。

そして、大汗をかいたヴァネッサの夫よりサルダナ国王からの即位を祝う書状と祝いの品の目録を受け取り、執務室に戻ると今度は「それなら明日、十五時に時間を空ける」と伝言が届いていた。

国王であるラナの毎日は忙しく、少なくとも一ヶ月先までスケジュールが埋まっている。そんな中で翌日の日中に時間を作るのは至難の業だった。だが、ここで断ればあのヴァネッサのことだから執務室まで押しかけてくるかもしれない。

言伝を持ってくる侍従が困りきっているのも見ていて申し訳ない気持ちになり、ラナは方々に連絡を入れて何とか突然の茶会を開く時間を捻出したのだ。

だが、ヴァネッサには理解できないらしい。扇子を弄びながら不思議そうに小首を傾げている。

「国王ってそんなに忙しいものなの？　貴女のおじい様は狩りやらカード遊びやら、色々と楽しんでいたわよ」

「不慣れなものですから、なにをするにも時間が掛かってしまうのです」

先々代の国王の在位期間は三十年を超えているから、半年も満たないラナと比べるのはいささか無理があるだろう。だが、そんな言い訳が通用する相手ではない。

「まぁ、ラナは昔から要領が良くなかったから無理もないわね」

その指摘はなにも間違ってはいない。だが、ほとんど育児に関わってこなかった人に言われて素直に頷けないのは狭量だろうか。

当のヴァネッサはそんなラナの反応を気にした様子もない。エメラルドグリーンに黒のレースの組み合わせという、これまた夜会向きの色合いとデザインのドレスを身に纏いうんうんと一人で頷きながら納得していた。

　そういえば、ラナの記憶にある母親もまた胸元の大きく開いたゴージャスなドレス姿ばかりだった。どうやら彼女のクローゼットにはデイドレスの用意が無いらしい。

「お待たせいたしました」

「あぁ、やっと出来たのね。待ちくたびれちゃったわ」

「申し訳ございませんっ！」

　驚くほど手際よく用意されたというのに、これ以上どうやって時間を短縮すればいいのかまったくわからない。理不尽な苦情に恐縮する侍女を見かねて、遂にラナが口を挟んだ。

「マクルモア侯爵夫人、この者の不手際はわたくしが代わってお詫びいたします。ですのでこれ以上はどうかご容赦くださいませ」

「ラナがそこまで言うなら仕方ないけど、あまり召使いを甘やかしちゃ駄目よ？　すぐにつけあがるんだから」

「ご忠告、痛み入ります」

　彼らを甘やかした覚えはないけれど、未だにラナの中には人を使う事に関してどこか抵抗がある。だから生粋の王族であり大勢の召使いに傅かれるのが普通の生活を送っていたヴァネッサからずばりと指摘され、心臓がきゅっと締め付けられた。

「ふぅん……味はまぁまぁね」

「恐れ入ります」

豊かな芳香とすっきりとした味わいの最高級の紅茶に、ヴァネッサはすぐに上機嫌になる。姿勢よく腰掛けたラナがカップに口を付けると、くっきりとした大きな瞳がこちらに向けられていた。

改めて見ても、父親似だと言われるラナは母親と似ている部分が皆無である。せいぜい髪と瞳の色の濃さが反映された程度で、それ以外には血の繋がりを感じさせる場所がまるで見つからなかった。

「本当に驚いたわ。まさかあの引っ込み思案だったラナが女王になるだなんて」

「……はい。わたくし自身、お話をいただいた時にはとても驚きました」

「オルセーやマデリンとも会いたかったのに、残念だわ」

ヴァネッサが前王夫妻を当然のように呼び捨てにしたのを聞き、カップを持つ手がぴくりと揺れた。

前王であるオルセーは今、王宮にいない。大公となった彼はラナのよき相談相手ではあるものの、やはり元義姉の関係する者とは顔を合わせたくないらしい。サルダナからの訪問が決まるなり妻と共に王家の所有する保養地へと行ってしまった。

最初は不安だったが、今はむしろ不在にしてくれて良かったとさえ思える。もしヴァネッサと顔を合わせたら、いくら温和なオルセーでも激怒していただろう。

だが、本気でがっかりした様子を目の当たりにして更に困惑を深める。

「あの、マクルモア侯爵夫人は……」

話題を変えようとしたが、紅茶を飲んでいたヴァネッサが手を上げて遮った。一度は納得したものの気に入らなかったのだろうか。咄嗟に身構えたラナの目に侯爵夫人らしからぬ膨れっ面が映った。

「んもう。よそよそしい呼び方は止めてって言ったでしょう？」

「あ……申し訳ありません」

ヴァネッサは不満そうだが、なにせ親子の縁が切れて十年が経っているのだ。もはや血の繋がりしかない相手を「お母様」と呼ぶのはどうしても抵抗があった。ここまで言ってもなお躊躇う娘をじっと見つめ、ラナの母親は大袈裟な溜息をつく。

「はぁ……やっぱり、サルダナに連れて帰ればよかったわ」

「それは、どういう……」

「そのままの意味よ。スカラファリアに残したら肩身の狭い思いをすると思って、貴女を引き取りたいって言ったの。でも、おじい様が許してくれなくて……あたしは泣く泣く一人で戻ったのよ」

ヴァネッサは漆黒の瞳に涙を浮かべている。声を詰まらせながら語る姿には悔しさと悲しさが滲んでいる。そんな話、誰からも聞いたことがない。驚きと混乱でどう返していいのかわからない。困惑するラナの前で母親がハンカチをそっと目元に押し当てた。

「帰ってからもラナを呼び寄せたいと頼んだわ。だけど一向に返事が来なくて。そうしているうちに国交断絶を言い渡されてしまったの」

「そう、でしたか」

「その様子だと何も知らされていなかったようね。まぁ……無理もないわ。どうせ貴女のおじい様はあたしを悪者にしたがっていたから」

自嘲気味に笑った頬をぽろりと透明な雫が転げ落ちていく。ヴァネッサはハンカチで拭ってから鼻を小さくすすり上げ、ぎこちなく微笑んだ。

「だから、今回夫がスカラファリアに行くと聞いて、強引についてきてしまったの。どうしても……貴女に、会いたくて」

涙で潤んだ大きな瞳が黒曜石のようにキラキラと輝いている。その姿はまさに、娘との再会を心から待ち望んでいた母親そのもの。

だが――それを鵜呑みにできるほどラナは子供ではない。

それでも、急激に騒がしくなっていく心臓を必死で宥めながら「わたくしも、お会いできて嬉しいです」と伝えるのが精一杯だった。

◇◆◇

「陛下、マクルモア侯爵夫人より言伝がございます」

執務室の空気がその一言で重苦しいものへと変わったのを感じつつ、ラナは仕事の手を止める。今日はこれで三回目だ。そろそろ表情に出てしまうのも時間の問題かもしれないと内心で溜息をついた。

「……そう。聞くわ」

「お部屋が狭くて落ち着かないそうで……以前お使いになっていた居室へ移られたいとのことです」

「あり得ない！　ご自身がどんなお立場か理解されていないのか……！」

打ち合わせに同席していた財務を担当する大臣が声を荒らげる。宰相に至っては怒りが頂点に達して声すら出ないのか、顔を真っ赤にして拳を震わせていた。

王太子妃だったヴァネッサが暮らしていたのは、当然ながら王族専用の区画にある部屋だ。現時点でそこに住んでいるのはラナとヴォルトだけ。部屋は空いているものの問題点はそこではない。

「あの場所に滞在できるのは王籍に名を連ねる者のみだ。例外は赦されない」

「はい、そのようにお伝えしたのですが……陛下の母親なのだから問題ないと、仰いまして……」

きっとラナに相談するより前に説得を試みたのだろう。だが、ヴァネッサは国王の生母だという一点のみで全ての要求を通そうとしてくる。

最初は食事のメニューに細かく口を出してくる程度だった。徐々に要求する内容がエスカレートしてきたが、ラナは出来るだけ要望には応えるように命じていた。その指示は明らかに国賓をもてなすレベルからは逸脱している。

宰相をはじめとして大臣達も内心では不満に思っていたのだろう。それでも、十年ぶりに顔を合わせた母親に、可能な限り快適に過ごしてもらいたいというラナの想いを汲んでくれていた。

皆が密かに不満を募らせ、それが徐々にラナに対する反感へと変わっている。そろそろ一度、話し合った方が良さそうだと考え始めた矢先にある伝言が届けられた。

――輿入れした際に持参した宝飾品の返還をお望みです。

実物を確認したいので宝物庫への立ち入りを要求されたと言われ、ラナは耳を疑った。

宝物庫は王族の居住区画と同様、いや――それ以上に厳重な警備体制が敷かれている。国王ですら自由に出入りできない場所へ、いくら元王太子妃とはいえ入室を許可できるはずがない。ラナは返還を希望する物品をリストにして、サルダナ国王からの正式な要請という形なら受ける、と返した。

だが、ヴァネッサはその回答がいたく不満だったらしい。ラナと直接話をさせろと大騒ぎして侍従長が自ら対応する破目になった。

その出来事をきっかけとして、積もりに積もった不満が爆発したようだ。議会に名を連ねる貴族達から国王へ次々と苦情が寄せられるようになっている。そもそもヴァネッサは訪問団に名前が記載されていない、いわば「招かざる客」なのだから、これ以上の優遇は認められないと。

ラナは彼らに謝罪し、今後は無茶な要求を控えるよう伝えると約束したばかりだというのに、今度は王族と同等の扱いを頼んでくるとは。

ただでさえ嘆願書をはじめとした書状が国王のもとには次々と届けられる。ヴァネッサの我儘にまで対応できる余裕などない。かといって誰かに任せるのには不安があった。

国王に即位して以降はほとんど治まっていたのに、ここ最近になって酷い頭痛がぶり返してきた。ラナはさりげなくこめかみに手を遣り、あまり効果が無いとわかっていながらも指先でぎゅっと押した。

「……明日、どこかで時間は空けられるかしら」

「晩餐の前でしたら、三十分ほど可能です」

小さな呟きにいち早く反応したのはヴォルトだった。どうやら彼の頭の中には国王のスケジュールが完全に記憶されているらしい。ラナは言伝に訪れた従者へと向き直ると明日の時間と共に茶会へ招待する旨を告げた。

サルダナの訪問団が王宮を発つまで今日を含めて残り三日。いつもならあっという間に過ぎていく日数だというのに長く感じてしまうのは気のせいではないだろう。

今のところ、あちらから国交の回復などといった話は出てきていない。仮にあったとしても混乱を招くのは必至。だからこのまま大人しく帰ってくれるのを祈るばかりだった。

その日の夜——。

ラナは国王の寝室で一人暖炉の炎を眺めていた。

明日こそはヴァネッサのペースに巻き込まれずに話をしなくては。いつも会議の前にそうするように様々な会話パターンを想定し、それに対して適切な返し方を考えていく。

ここはスカラファリアで、ラナはこの国の王だということを忘れてはならない。いくら母親であっても、王宮内での度が過ぎた振る舞いは諫めなくては。

そう思いながらも強く出られないのは、例のヴァネッサの告白のせいだろう。

もしあの時、母親と共にサルダナへ向かっていたら「恥知らずな女の娘」と罵られることはなかったかもしれない。

もしかすると王家に名を連ね、怪我もせず今よりずっと穏やかに——。

ラナは軽く閉じていた目を開き、ぱっと身を起こした。

起こらなかった過去を憂いてもなんの意味も無い。残るのは虚しさだけだとわかっているはずなのに、どうして想像をしてしまったのだろう。

「…………はぁ」

「どうされましたか」

不意に掛けられた静かな声に身を震わせる。いつの間に入ってきたのか、寝支度を済ませたヴォルトがすぐ傍に佇んでいた。ラナが立ち上がろうとするより先に隣へ腰掛け、身を屈めて顔を覗き込んでくる。

深い紫色をした瞳の中で暖炉の炎が揺らめいているのを食い入るように見つめた。もう何度もこうしているというのに、夫の目を間近にするとどうしても平静が保てなくなる。乱れはじめた鼓動を落ち着かせたくてさりげなく視線を逸らすと、腰に回された腕に引き寄せられた。

「あの方の件が気掛かりなのですね」

ヴォルトは決してヴァネッサを名前で呼ぼうとしない。それはきっとラナへの気遣いなのだろう。逞しい胸元に寄り掛かったままきゅっと唇を噛んだ。

「……ええ」

「ラナは、どうしたいと考えていますか？」

さっきの会話の練習がなかなか上手くいかなかったのは、ラナ自身に迷いがあるからだろう。

これ以上の波風は立てないよう通達し、帰国後は二度と顔を合わせない。

それとも多少の我儘には目を瞑り、国交を復活させる橋渡し役になってもらう。どちらも一長一短で選ぶのも難しい。結論を出しあぐねていると頭頂に唇が押し当てられた。

「ヴォルトの意見を聞かせて」

きっと同じことを尋ねたら、宰相を筆頭に大臣達はすぐにでも王宮から追い出すべきだと即答するだろう。その点、ヴォルトとラナの母親にはこれまでほとんど関わりが無いはずだから、冷静かつ公平な立場で判断してくれるに違いない。

——というのは建前で、ラナは後押ししてくれるのを期待していたのかもしれない。

「不確定要素が多いのは事実ですが、私は宰相殿の意見を支持いたします。あの方を擁護したところでラナ自身や国に良い作用があるとは思えません」

「…………そう、よね」

ヴァネッサは根っからのお姫様気質とでもいうのだろうか。すべてが自分の思い通りになると思い込んでいる節がある。宰相からもまだ彼女が王太子妃だった時分の話は聞いていた。王族として節度ある振る舞いを、という女官からの進言にも不思議そうな顔をするばかりで、まったく反省する様子は見られなかったそうだ。

人の性根などそう簡単に変わるものではない。ちゃんとわかっているのに、ラナはどうしても割り切れなかった。

「もしよろしければ、私にあの方をお任せいただけませんか？」

「え……」

思わぬ申し出にラナはしばし動きを止める。ヴォルトは長年、無邪気で少し我儘なところがある王女の騎士を務めてきた。もしかするとヴァネッサも上手に扱ってくれるかもしれない。

「いいえ、大丈夫よ。これはわたくしの問題でもあるから」

「そうですか。ですが、どうか無理はなさらないでください」

王配である彼なら安心だろう。だが、この件まで任せてしまうのは甘え過ぎだ。それに正直なところ――あまりヴァネッサには近付いて欲しくなかった。

顔を上げ、「ありがとう」と囁くと紫の瞳がふっと細められる。そのままゆっくりと降ってきた唇を受け止め、ラナは明日への英気を養う事にした。

◇◆◇

翌日、約束の時間に茶会へと姿を見せたのは予想外の人物だった。

「あ、あの……失礼いたします」

「ごきげんよう、マクルモア侯爵」

ヴァネッサの現在の夫、マクルモア侯爵がぎこちない笑みを浮かべたまま応接間へと入ってくる。今回はしっかりと主催者席を確保したラナは立ち上がりながら戸惑いを隠せなかった。

「夫人はいかがなさいましたか?」

「実は、約束の時間の直前になって頭痛がひどくなりまして……その、私が代理で伺いました」

「そうでしたか」

急病で約束をキャンセルするのは致し方ないが、代理で夫を差し向けるのは異例中の異例だろう。それともサルダナではそれが普通なのだろうか。いや、それ以前に代理を立てるのであれば、決まった時点で報せるのが礼儀だろう。社交デビューしたばかりの子女でもそれくらいの常識は持ち合わせている。

やはりこれは、ラナを下に見ているのだろうか。

いや、或いは――。

「……あぁ、どうぞお掛けください」

「は、い。失礼、いたします」

気まずそうに佇みつつも、ヴァネッサの夫は席に案内されるのを待っているように思えた。ヴァネッサから命じられてきただけなのであればすぐに帰ってもらおうと思っていたのに。意外だと思いながらもお茶が用意されるのを待った。

「侯爵様はどのような菓子がお好きですか？」

「あ……甘いものがその、得意ではありません」

「では、酒肴で出されるようなものの方がお好みなのですね」

「そう……ですかね。ですがあまり酒に強くないので、そういったものもあまり食べたいと思ったことがございません」

無難な話題を振ったつもりだったが不発に終わったらしい。その後もいくつか質問を投げかけてみたものの、すべての会話が一往復するだけで終わってしまった。

ラナも決して話し好きではないけれど、侯爵はそれを遥かに上回る口下手のようだ。もう少し、あとちょっとでいいから会話を広げる努力をしてもらえないだろうか。このままでは無言でお茶をただ黙々と飲むだけで終わってしまいそうだ。

「あっ……あの！」

提供できる話題も底を突き、気遣うのも疲れた。いよいよ気まずい空気が流れはじめたのでこれを飲んだらお開きにしよう。紅茶は一気飲みをするにはまだ熱いけれど我慢すればなんとかなりそうだ。カップの中身を空ける作業に集中していたラナは突然の声に小さく身を震わせた。

「はい、どうかなさいましたか」

静かに片付けをはじめていた侍女達も何事かと手を止めている。そんな中でマクルモア侯爵は上着のポケットへと手を差し込んだ。

「実は……我が王より密書を預かっておりまして、その、陛下に直接お渡しするように、との命で……」

そこまで言われてようやく合点がいった。お茶会を好まない侯爵がわざわざ居残ったのはこれをラナに渡すという王命があったから。もしかしてヴァネッサの欠席は意図的なものだったのかもしれない。

まさか——ラナをおびき寄せる目的で無茶な要求を繰り返していた？

頭の中で様々な憶測が飛び交う中、いつの間にか侯爵の傍にはヴォルトが佇んでいた。

「お預かりいたします」

「あ、あの……開封は陛下御自身にしていただきませんと」

「そういう決まりになっております。中身までは拝見いたしませんのでご安心ください」

言うが早いか、テーブルの端に移動したラナの騎士が書状の封蠟を小さなナイフで切り裂いた。一度完全に開いて安全を確認した後、国王のもとへと届けられる。

「ありがとう。……拝見します」

前半はヴォルトに、後半は侯爵に顔を向けてからラナは改めて密書を開いた。

緊迫した空気が流れる。スカラファリアの女王が文章を目で追っている様を見つめる侯爵はしきりに額へと浮かんだ汗を拭っていた。

一度目は軽く、そして二度目はじっくりと一文字ずつ確かめるように読んでから、ラナは軽く目を閉じる。そして小さく息を吐くとそわそわと落ち着かない侯爵を見つめた。

「書状の内容はご存じでしょうか」

「いえ……国交と取引に関わる件としか。詳しい内容は聞いておりません」

なるほど。たしかに詳細を知っていたら彼の性格上、ラナに渡さずじまいになっていたかもしれない。それとも、本気でこの要求をスカラファァリアが受け入れると思っていたのだろうか。

サルダナ国王の名が記された密書は、国交回復とスカラファァリアの特産品である香水に関する取引を再開したい、という内容だった。

それだけであれば想定範囲内と言えたのだが、取引の条件があまりにも一方的だった。曰く、王女だったヴァネッサが王妃になれなかったのはスカラファァリアに責がある。だから補償金を請求する代わりに取引の優遇を要求すると。

買い取り金額は最も取引数の多い隣国、アルコバ公国へ販売する価格の半額以下。しかも王女であるプリシラが嫁いだラモルテ皇国へはサルダナを介して販売する。

その上、取引を円滑に行う為にマクルモア侯爵とその家族を王宮に住まわせるように、と書かれていた。

あまりにも荒唐無稽な内容に、密書が偽物ではないかと疑いたくなる。だが、持ってきたのは国王の義弟。文末のサインと印は先日もまったく同じものを目にしているから間違いないだろう。

便箋を持った指先から徐々に身体が冷たくなってくる。その理由が怒りなのか悲しみなのか自分でもよくわからない。

だが、そのどちらでも導き出される答えは一緒だった。

「返事は、後ほど書面にてお渡しいたします」

「あ、はい。お待ちしております」

了承したはずなのに侯爵は物言いたげな顔をラナにちらちらと向けてくる。そんなに聞きたいのであれば素直に尋ねればいいのに。気が弱いのか強いのかさっぱりわからない。

「端的に申し上げますと、いただいた提案には同意いたしかねます」

「……そう、ですか」

侯爵はスカラファリア国王の回答を聞き、明らかに落胆している。だが、こんな条件を受け入れる国は親戚同然の間柄であってもあり得ないだろう。ラナは密書を元の形に戻し、差し出された漆黒の手袋へ預けると残りの紅茶を飲み干した。

「折角のお申し出を断る形となりまして申し訳ありません」

「いえ、あの、し……仕方ありません」

「ご理解いただき、感謝いたします」

ラナがこれで話は終わりとばかりに微笑むと、侯爵は型どおりの挨拶を済ませるなり部屋を後にした。肩を落としてとぼとぼと歩く姿は心なしか小さく見える。彼に対して申し訳ない気持ちはあるものの、それとこれとは話が別だ。

「執務室に戻るわ」

「かしこまりました」

予定より早めに終わってしまった。だが、このお茶会を用意した当初の目的は果たせていない。

これ以上のトラブルが起きない事を心の底から祈りつつ、ラナは歩きながら目下の懸案事項を思い浮かべた。

＊＊＊＊＊

晩餐会にはマクルモア侯爵夫妻は体調不良を理由に参加しなかった。もしかすると、とは思っていたが代表が欠席するのは異例中の異例だろう。サルダナ側もさすがに気まずかったのか誰もが言葉少なだった。

残るはあと一日。密書への返事は明日の夜にでも届けさせれば問題ないだろう。ようやく見えはじめたゴールに密かに安堵するラナを待ち伏せしている人物がいた。

回廊に差し掛かるとヴァネッサが猛然とした足取りで近付いてくる。髪を結って化粧もしっかりしているので、晩餐会に出席していたのではと錯覚しそうになるが、目の覚めるような真っ青なドレス姿は見かけなかった。

とても数時間前まで体調不良だったとは思えない姿を前にして、やはりヴァネッサが密書を渡すチャンスを作ったのだろう。まんまと術中にはまってしまったと苦々しく思う一方で、結局は無駄骨を折っただけだと溜飲を下げた。

ラナの母親はひどく機嫌が悪そうだ。女王を庇って立つヴォルトに苛立った声で退くように命じている。

「貴方、何度も何度も……。邪魔よ、騎士ごときが立場をわきまえなさい」

「陛下の身に危険が及ぶのを見過ごすわけにはまいりません」

いつぞやと同じくラナの夫が平坦な声で返す。お互いに一歩も譲らない様子から察するにこのまま膠着状態が続くだろう。もう話をする気力など残っていなかったが、斜め後ろからヴォルトの腕に触れた。

「下がっていて」

「ですが……」

腕に手を添えたまま横をすり抜け、ヴァネッサと対峙する。どうやら母親の怒りは邪魔されたことによって頂点に達しているようだ。

「マクルモア侯爵夫人、なにか御用でしょうか」

「ねぇラナ……一体なにを考えているの？」

「なにを、と申しますと？」

「とぼけないでちょうだい。どうしてお兄様からの提案を断ったのよ⁉」

ヴァネッサの目論見だったと確信した。とはいえ、暴露された状況が非常によろしくない。こちら側を歩いているのはラナ達だけだが、晩餐会に招待した貴族達が反対側からこちらを興味深げに眺めていた。

妙な噂にならないことを祈りつつ、ラナは表情を崩さずに答える。

「残念ですが、いただいた提案はこちらが承服しかねる内容でした。ですのでお断りした次第です」

「内容なんてどうでもいいのよ。あたしの顔に泥を塗るだなんて……この親不孝者！」

激昂したヴァネッサが手にした扇子を振り上げる。先端に施された銀細工が鈍い光を放った瞬間――ラナは凍り付いたように動けなくなった。

「陛下！」

固まったままの身体が急に抱き寄せられ、視界が暗転する。すべてが一瞬遠くなり、金切り声によって現実へと引き戻された。

「なにするのよ！　離しなさいってば……っ！」

扇子は床に落ち、ヴァネッサの右手は騎士によって動きを封じられている。ヴォルトに庇われたラナは止まらない震えと格闘していた。

左肩に受けた傷は完全に塞がっている。左腕の機能もリハビリの甲斐あって以前と変わらない程度まで回復していた。

だが、心に受けた傷はまだ癒やされていないらしい。振りかざされた扇子に刃が重なった瞬間、身が竦んで動けなくなった。

「陛下、部屋に戻りましょう」

「ええ……」

「待ちなさい、ラナ……っ‼」

二人の騎士に制されてもなお、ヴァネッサは摑みかかろうとしてくる。母親から身を隠すように歩きながら、ラナはぎゅっと奥歯を嚙みしめた。

第九章　逃走

サルダナ王国からの訪問団はいよいよ明日、王宮を発つ。

ラナは執務室でマクルモア侯爵に託す書状の下書きを宰相と共に推敲していた。

「しかし、いくら密書とはいえ失礼にもほどがあります。勝手に出ていった上に今更補償などと言い出したのには、なにかしらの事情があるはずです」

「ええ。だけど、サルダナが困窮しているなんて話はまったく聞かないわね」

鉱山からの採掘量が減ったという噂も無ければ、実際に流通している量にも大きな変化は見られない。それでも、十年前の件を蒸し返すほどの出来事があったのだろう。

だが、なにが起こっていようとスカラファリアには関係がない。持参金や嫁入りした際の宝飾品を返還してほしいのであれば、正規の手順を踏みさえすれば応じるつもりだ。

その旨も書き記し、ラナはサインを入れると先王から引き継いだ国王の印を捺した。後はこれを渡しに行けばまずは一段落といったところだろう。

　昨夜の騒動は瞬く間に王宮内へと話が広まってしまった。ヴァネッサの失礼な振る舞いが露呈し、保守派や国教の熱心な信者でなくとも批判が強まっている。しかも批判の矛先はサルダナの訪問団を招くと決定した国王にも向けられ、母親会いたさに議会を強引に説き伏せたなどという根も葉もない噂まで立っていた。

　ラナに手を上げたことが相当腹に据えかねたらしい。ヴォルトからはいつになく強い口調でヴァネッサを牢に入れる許可を求められた。だが、未遂に終わっている上に仮にも国賓の妻だ。更に事態を悪化させかねないと、部屋の前に兵士を配置して行動を監視するよう命じた。

　きっと母親と会うのはこれが最後になるだろう。これでいいのだと思う反面、少なからず心残りがあった。彼女は自分が産んだ娘をどう思っていたのだろうか。余計な事情を抜きにして本心を聞かせてほしかったが、それはきっと永遠に叶わないだろう。

　あれほど心待ちにしていた日だというのに、ほんの少しだけ寂しさを覚える。だがそれを遥かに上回る安堵があるのも事実。ラナは気を取り直すと再び執務に集中した。

　マクルモア侯爵がラナへ面会を求めたのは、そろそろ夕方に差し掛かるという頃だった。もしかしてわざわざ書状を受け取りに来てくれたのかもしれない。ラナが許可すると元から青白い顔を更に真っ青にして入ってきた。

そんなに断られたのがショックだったのだろうか。了解を取り付けてこないとなんらかの罰を与えられる……？　事情を尋ねようとした矢先、震える唇から衝撃の告白が飛び出した。

「実は……妻の姿が見えなくなりました」

「それは、部屋から抜け出したという意味でしょうか」

「わかりません。昼食の後に少し休むというので寝室に入っていったのですが、なかなか起きてこないので侍女が様子を見に行くと……いなくなっていたそうです」

執務室の空気が一瞬にして張りつめたものになる。一体どうやって監視の目をかいくぐって脱出したのだろうか。大っぴらに捜索すればまた騒ぎになるのは間違いない。ラナが考えを巡らせているうちにヴォルトが扉に向かって歩き出した。

「まずは王宮を出ていく馬車をすべて確認するよう命じてもよろしいでしょうか」

「ええ、お願い」

仮に協力者がいたとすれば、荷物に紛れて脱出させようと考えるのが自然だろう。ラナの許可を取り付けるなり扉の外にいる騎士へと命じる。

「陛下、しばらくは部屋の外にはお出になりませんようお願いいたします」

「そうね……」

ヴァネッサが抜け出した理由として考えられるのは二つ。

サルダナへ戻るのが嫌で逃亡した、もしくはラナをもう一度説得するために密かに接触しようと目論んでいる。とはいえ、国王の執務室は厳重な警備によって守られている。秘密の抜け道でも使わない限り辿り着くのは不可能だ。

——抜け道？

ヴァネッサはかつてこの場所で王族の一員として暮らしていた。王太子妃だった彼女であれば、王宮に巡らされている抜け道を知っている可能性があるだろう。

抜け道を使う鍵の仕掛けを知っているのは王族と宰相、そして騎士団長のみ。だが、今の仕掛けがいつ作られたものなのかをラナは知らなかった。

「……ヴォルト、頼みがあるの」

「はい、陛下」

ラナの騎士がすっと傍に跪く。耳元に唇を寄せ、最も考えたくない可能性について語るとぴくりと小さく肩が揺れた。

「確認をお願いできる？」

「承知いたしました。宰相、同行をお願いできますか」

「もちろんです」

王宮から門を通らずに脱出できる道は四本。それぞれ外に出る直前の扉が施錠されている。本来であればラナも確認に行きたいのだが、ヴァネッサの目的がはっきりしない以上、迂闊《うかつ》に動くのは危険だろう。

「侯爵、どうぞお掛けください」

「は、はい……」

あまり好きになれない相手ではあるが、ここまでくると不憫にさえ思えてくる。温かいものでも飲めば少しは顔色も良くなるだろうと、フィリニにお茶を頼んだ。

そうして待つこと一時間あまり。意外な情報が執務室に飛び込んできた。

「巡回中の警備兵より、黒髪の侍女と金髪の侍従が庭園の奥へと向かっているのを見かけたとの報告がありました。二人ともサルダナの服を着ていたので不思議に思ったそうです」

「侯爵、夫人のお召し物はどうなっていましたか？」

今はヴォルトも騎士団長も不在の為、ラナが差配するしかない。侯爵がいくぶんか血色の良くなった唇を震わせ「ドレスが、脱ぎ捨てられていました」と呟いた。

しかし、庭園の方に抜け道は存在しない。広大な森を通れば城下町に辿り着けるが、知らない者が進めるほど道は整備されていないはず。それ以前に庭園の生垣はとても乗り越えられる高さではない。

「陛下、どうなさ……」

「庭園に行くわ」

弾かれたように立ち上がって宣言する。皆が唖然とする中、ラナは扉に向かって歩き出した。

「なりません！　危険です!!」

護衛を任されている騎士団の小隊長が扉を遮る。ラナはなにがあっても止めようと必死な彼をまっすぐに見つめた。

「いいえ、侯爵夫人は王宮から逃げようとしていると考えて間違いないわ。だから私に危険はないはず」

庭園には王族の知る抜け道は存在しない。だが、かつてラナはその場所から森を抜けて城下町へ向かおうとしたではないか。今その場所がどうなっているかを確かめたことはないが、ヴァネッサはなんらかの情報をもとにそこからの脱出を試みているのだろう。

「生垣を抜けられてしまったら捜索は更に困難になる。とにかく急がないと」

抜け道を確かめに行った三人がいつ戻るのかわからないし、森へと逃げられたらきっと見つけるのは不可能になるだろう。可能な限りの騎士を集めるよう命じて部屋を出ようとするとマクルモア侯爵が追いかけてきた。

「わ、私も同行させていただけませんか……？　その、おそらく金髪の男は我が家の侍従です。少しは、お役に立てるかもしれません」

「わかりました。参りましょう」

それはつまり、ヴァネッサは愛人と共に脱走を企てたということを意味する。庭園へと向かう一行の間に呆れと同情が漂った。

「陛下、どのあたりかお分かりになりますか」

「ごめんなさい。実際に行ってみないと……あぁ、椿庭園が近かったはず」

ヴォルトと共に偶然できた大きな隙間を通り抜けた時、周囲にはピンク色の椿が沢山落ちていたのを記憶している。文官として王宮に戻って以降、こちらの庭園には一度も来ていなかったが、配置はそう変わっていないはず。

ラナの記憶通り、椿が植えられた一角を抜けると男女が小さな声で言葉を交わしているのが聞こえてきた。

「ちょっと、まだなの？」

「すみません。これを、切って……っと、よし、開きました」

明るい声を上げたのはすらりと背の高い金髪の青年。なかなか整った顔立ちをしており、額の汗を拭うとにっこり微笑んだ。

一方の侍女服姿のヴァネッサは布袋を握りしめて苛立っている。青年から差し出された手を取ろうとした瞬間、こちらを見つめたまま動きを止めた。すかさず騎士が周囲を取り囲み、彼らの退路は一瞬にして塞がれてしまう。

「……どうして？」

「侯爵夫人、ここでなにをしていらっしゃるのですか」

ラナの問いに美貌がぐしゃりと歪む。忌々しげに睨みつけてくるその顔は、とても娘を恋しがっていた母親のものとは思えなかった。

「なにって、見てわからない？　貴女、頭がいいのだけが取り柄だったはずだけど」

「わたくしの質問に答えてください」

ほんの一瞬でも情を抱いた自分が恥ずかしくなってくる。今となってはこの程度の嫌味で傷ついたりしない。一切の動揺を見せず、すぐさま切り返すと鮮やかな紅が引かれた唇が歪められた。

「もうこんな生活にうんざりなの。だからこの子と一緒に新しい人生を送るつもりだったのよ」

「なるほど。彼が手引きしていたのですね」

「そうよぉ？　これまでの暮らしは本当に退屈だったわ。でも、彼とならきっと幸せになれるはず」

侯爵が愕然とした表情のまま動かなくなる。ヴァネッサはせせら笑いを浮かべて隣に立つ男の腕に抱きついた——はずだった。

「きゃあっ！　ちょっとロブ、なにをするのよ！」

身体の預け先を失い、ヴァネッサが芝生に膝をつく。その拍子に手にしていた布袋が転げ落ち、中から豪奢な装飾品のいくつかが飛び出した。なるほど、これを売った元手で新しい生活を築こうと目論んでいたのか。

　ロブと呼ばれた青年は先ほどまでの笑顔から一変、今にも泣きだしそうな顔をしている。両手を胸の前で組むと侯爵へ懇願しはじめた。

「侯爵様……どうか、お許しください。奥様は僕を、言うことを聞かなければ家族に危害を加えると脅迫してきたのです……！」

「なっ、なにを言ってるの!?　言い寄ってきたのはロブの方じゃない!!」

　愛の逃避行を目論んでいた二人の仲は呆気なく終焉を迎えた。三文芝居が目の前で繰り広げられ、白けた空気が漂いはじめた。

　騎士がロブと呼ばれた青年を拘束したが、抵抗する様子は見られない。目を潤ませながらもほっとした顔をしていた。だが、いくら命令に従っただけとはいえ、王宮の設備を破壊した罪には問われるだろう。

　主犯のヴァネッサにとってこの展開は青天の霹靂だったようだ。芝生にへたりこんだまま動かなくなってしまった。

「そもそも……この国に来たのが間違いだったのよ」

　乱れた髪を直そうともせず、低い声で呟く。あまりの変わりように別の誰かが喋っていると勘違いしそうになるが、唸りに似た声は間違いなく黒髪の侍女服を着た女から発せられていた。

「碌な娯楽も無ければ大して贅沢もできない。夫は顔も性格もイマイチで……ほんっと、外れ籤《くじ》を引いた気分だったわ!!」

ヴァネッサの手が布袋の紐を握りしめる。振り上げてから勢いよく地面に叩きつけられ、中から飛び出した極彩色の眩い光が周囲に舞った。

「それでも王妃になれると思って我慢してきた。なのにくだらない病気に罹って、本当に時間の無駄だった……!」

ばんっという音と共にまたもや鮮やかな光が躍る。きっとこれらを買い与えたのは侯爵だったのだろう。耐えられないといった様子で、妻へと向けられていた視線が徐々に足元へと移っていった。

「娘は父親に似て勉強ばっかり。本当に可愛くなかった。あぁ、連れて帰りたいって頼んだ話、あれ嘘だから」

「わかっています。元々信じておりませんのでご安心ください」

「あらそう？　はぁ……ほんっとに可愛くないわね」

勉強をしなければいけなかったのは、それがスカラファリアの王位継承権を持つ者の運命だからだ。それを「可愛くない」と言われたところでラナにはどうしようもなかった。

「サルダナに帰った時は本当に嬉しかったわ。これで楽しく暮らせると思ったのに、これまたつまらない男と結婚させられたのよねぇ……」

「つ、つまらないって……望むものは全部買ってあげたじゃないかっ！」

「だって貴方、お金しか取り柄がないじゃない。だから買わせてあげたのよ」

彼は大声がだせたのかと誰もが驚いている中、ヴァネッサだけは平然としている。悪びれた様子もなく、むしろ感謝しろと言わんばかりの態度に侯爵はわなわなと震える唇を噛みしめていた。

「しかもその取り柄までなくなったでしょう？　それでお兄様にお願いすればばって教えてあげたら、面倒な役目を押し付けられて帰ってくるし。本当に使えない男よね」

どうやら最近になり、ヴァネッサの浪費によって侯爵家の財産が底をついたようだ。それで王家に援助を申し入れたところ、交換条件としてスカラファリアに行って取引を成功させるように命じられた。そう考えれば彼が外交慣れしていない理由にも納得がいく。

聞けば聞くほどマクルモア侯爵が気の毒になってくる。密書の内容をすべて呑むのは難しいが、彼の為に譲歩できる点はあっただろうかとつい考えてしまった。

「…………け、るな」

きっとその声は隣にいたラナにしか聞こえなかっただろう。身体の側面に沿ってだらりと垂れ下がっていた手が拳を作った。

「ふ、ふざけるなっ！　王家から厄介払いされて不憫だからと自由にさせていたら、金庫を空にしやがって……！」

「知らないわよ！　好きなものを買えって言ったのは貴方でしょ!?」

「限度ってものがあるだろ!!　しかも浮気した上に役目から逃げるだと？　冗談じゃない、どうして僕だけが苦労しなきゃならないんだよっ!!」

血走った眼を大きく見開き、マクルモア侯爵が溜まりに溜まった鬱憤をぶちまけはじめた。青白く不健康そうだった顔色も、今や真っ赤に染まっていた。このまま放っておけば収拾がつかなくなる。

「侯爵様、どうか落ち着いてく……いたっ！」

侯爵の肩へと伸ばした右手首を突然掴まれた。驚きで見開かれた琥珀色の瞳に歪な笑みが映る。笑みを浮かべてはいるものの目だけは爛々と輝き、そのちぐはぐな表情に言い知れぬ恐怖を覚えた。

「あぁ、忘れていました……陛下が条件を受け入れてくだされば、すべては丸く収まるのです。そうすれば僕は、あの忌々しい女から解放されるんですよ……！」

ペーパーナイフ代わりに使っていたものなのだろう。上着の内ポケットに差し込んだ手の中に小さな刃が収められている。侯爵はラナを引き寄せ、後ろから拘束すると首筋に冷たく硬いものを押し当てた。

「もしくは一緒に逃げませんか？　陛下も国王なんて役目、重すぎてうんざりしているでしょう」

「そ、んなことは……ありません」

「無理をなさらなくていいですよ。あぁ、僕はヴァネッサより断然貴女の方が好みです。大事にして差し上げますよ」

大きな抑揚をつけて語る声はまるで歌っているように聞こえる。とても笑える状況ではないというのに、侯爵はずっとくすくす笑っていた。

完全に――狂っている。

ラナに刃が押し当てられている以上、騎士たちは手も足も出ない。この手の輩は下手に刺激すればなにをしでかすかわからない。どうすれば切り抜けられるかを必死で考えているが、引き攣れた笑い声と首に触れるものが思考を上滑りさせた。

「侯爵様、どうか……」

「じゃ、邪魔をするな……！　ラナ、ここを抜ければ僕達は自由になれますよ」

少しでも距離を詰めようとする騎士を牽制しつつ、じりじりと生垣の方へと連れていかれる。首筋にかかる息の生温かさが不快で仕方がない。いきなり身体の向きが変わり、先ほどヴァネッサ達がこじ開けたばかりの抜け道へと押し込まれた。

枝が顔や手に当たって小さな傷を作っていく。背中を押されながら生垣を抜けた途端、ラナは前のめりに倒れ込んだ。慌てて起き上がってから振り返ると、いつの間に持ってきていたのか、侯爵はヴァネッサの浮気相手が取り外した鉄板を枝の隙間に押し込み、追跡を阻んでいた。

「さぁ、行きましょうか……」

「おい、西門へ連絡して裏へ人を回せっ!!」

日暮れ間近の森は早くも不気味な雰囲気が漂いはじめている。だが、侯爵は一向に気にした様子もなく、ラナの腕を摑むとずんずんと歩き出した。確固たる足取りではあるが彼がこの森の道を知っているはずがない。

「もう少し速く歩けませんか?」

「すみません……この靴では、ちょっと難しいです」

仕方ないですね、と微笑む侯爵へぎこちない笑みを返す。どうやら歩みを遅らせるのはこれが限界のようだ。この程度の抵抗しかできないのが歯がゆくて仕方がないが、正気を失った人間の行動は予測不能なので細心の注意を払わなくてはならない。

腕を振りほどいて逃げたとしても、ドレスにパンプスではすぐに捕まってしまうだろう。狙うとしたら日が落ちはじめ、足元が見えにくくなって侯爵が転倒する時を狙うぐらいしか思いつかない。

但し、逃げるラナも同じ条件下に置かれるのを忘れてはいけない。どの道を選んだところで危険を冒すのは避けられなそうだ。森の奥へ進むにつれて陰が色濃くなっていく。それでもマクルモア侯爵は迷いなく進んでいるが、なにやら様子がおかしいのに気が付いた。

右手に大きな黒松が見えているが、幹に入った亀裂の形は少し前に見たものと瓜二つ。更に進むと見覚えのある枝ぶりのシダが生い茂っている。どうやら同じ場所をぐるぐると回っているようだ。

「…………雨、ですね」

ぽつりと頭上から冷たいものが落ちてくる。葉に溜まっていた水分が落ちただけかと思いきや、その数が徐々に増えてきた。

「ちっ、のんびりしてるからこうなるんだろ。さっさと歩け！」

「努力っ……します」

急に引っ張られたせいで危うく転びそうになってしまった。よろけるラナに構わず、侯爵は自身もつまずきながらも歩みを止める事はない。だが――また同じ黒松の道へと戻ってきた。

「くそっ……こんな事なら、馬車でも用意させるんだった」

なかなか森を抜けられずに苛立っているのか、口調が荒くなってきた。それにつられて足運びも雑になり、時折腕を掴む手が外れそうになる。ようやくチャンスが巡ってきたようだ。

濡れたドレスが速度と体力を奪うのは嫌というほど知っている。雨が本格的に降り出す前に出来るだけ早く実行しなくてはならない。転ばないよう細心の注意を払いながら、鼓動が徐々に高まってくるのを感じていた。

「あぁぁぁぁ――いつまで歩けばいいんだ！　……うおっ!!」

焦燥に駆られて叫んだ途端、地面から飛び出した木の根に足を取られたらしい。侯爵の身体ががくりと傾いだ。

――今だ！

道連れにされそうになった右腕に渾身の力を籠めて振り払う。肩に痛みが走ったが構わず、素早く周囲を見回して明るい方へと一目散に駆け出した。

「おっ……い、待て！　待てって言ってんだろうが!!」

立ち止まったら一巻の終わり。背中に浴びせかけられる怒号にも構わず、ラナは必死で木々の間を駆け抜けた。

口汚く罵り、ラナの名を呼ぶ声が森の中にこだまして、どの方向から聞こえているのかわからなくなってくる。がむしゃらに走っているうちに獣道へと辿り着いた。

「あ……」

次はどちらに向かうべききょろきょろしていたラナは、思わず声を漏らす。

この場所を知っている。記憶の糸を必死で手繰り寄せて進んだ先に、巨木の幹にぽっかりと開いた口を見つけた。ラナは剝がれ落ちた木の皮をいくつか拾い上げると見覚えのある洞へ駆け寄った。

記憶にあるものより一回り小さく見えるのは、その分だけラナが成長したからだろう。中を覗き込んで問題が無いのを確認してから潜り込んだ。

今日のドレスは濃い緑色なので目立ちはしないが、念には念を入れておこう。拾った木の皮で入口を塞ぐと、乱れた息を整えることに集中した。

どうやら本格的に降ってきたらしい。立て掛けた木の皮の隙間から透明な雫がぽたぽたと滴ってくる。滑り落ちないよう手で押さえながら目を閉じて耳を澄ませた。雨の音に交じって声が聞こえたような気もするが、それはラナの恐怖が生み出した幻聴かもしれない。

お願い、どうか侯爵に見つかりませんように。狭い洞の中で縮こまったままラナは必死で願った。

――どれくらいそうしていただろうか。

ほんの数十分だったかもしれないし、数時間は経っているのかもしれない。木の皮を押さえている腕に疲れを覚え、ラナは隙間を作って外の様子を窺った。

空には分厚い雲が垂れ込め、冷たい雫を延々と地上に落としている。僅かに届く光さえも木々によって遮られ、いよいよ周囲の様子が分からなくなってきていた。

もう騎士達は森に入っているだろうか。一部は狩場として開放されている場所だけに捜索は困難を極めているに違いない。濃い闇へと支配権を譲りつつある緑に満ちた空間を、ラナはただぼんやりと眺めていた。

捜索は陽が落ちきった時点で難しくなるから最悪は中断されるかもしれない。そうなった場合は朝を待って出口を探した方がいいのだろうか。

だけど、下手に動けばすれ違ってしまうかもしれない。それならなにか目印を……いや、それを侯爵に見つけられてしまったら一巻の終わりだ。

色々な考えが浮かんでは消え、結局はなにも決められないまま時間だけが過ぎていった。

不意に寒さを覚え、ふるりと身を震わせる。こんなに濡れたドレスを着ているのは十年ぶりだ。意識を自分自身に向けると、頬や腕にチリチリとした痛痒さがあり、右肩には腕を振り払った時の衝撃が残っていた。

寒さと痛み、そして言い知れぬ恐怖。目の縁に熱いものがこみ上げてくるのを感じ、咄嗟にきつく閉じた。

ヴォルトの言いつけを守ってさえいればこんな事にはならなかった。

衝動のままにラナが動いた結果、侯爵を狂わせ皆に迷惑を掛けた。

そもそも——サルダナからの訪問団を受け入れるべきではなかった。

この一連の件で王としての能力を疑問視する声が大きくなるに違いない。最悪は玉座を追われるだろう。

そして、呆れたヴォルトに愛想を尽かされてしまうかもしれない。

——ラナなんて、大っ嫌いだ!!

銀髪の少年がこちらを睨みつけながら叫んでいる。紫の瞳に燃えさかる怒りを目の当たりにして、ラナはひゅっと喉を鳴らした。

指先から徐々に力が抜けていき、入口を押さえていたものが滑り落ちる。ラナはそれを直そうともせず、膝を抱えて蹲《うずくま》った。

このまま人知れず朽ちてしまいたい。ラナを包む巨木がその口を閉じ、取り込んでくれるように願った。

「………ナ、ラナ!!」

雨粒が枝葉を叩く音を必死の呼びかけが切り裂く。不意に届いた聞き覚えのある声にぱっと顔を上げた。

あの日、少年がいた場所に騎士服を纏った青年がいる。

銀の髪から雫を滴らせ、携帯用のランタンを掲げたヴォルトは、目が合うなり強張っていた顔に安堵の笑みを浮かべた。

「あ……」

足早に近付いてきたヴォルトが傍らにランタンを置く。暗闇に慣れていた目には足元を辛うじて照らす灯りすらも眩しく感じた。

「ここにいたのですね……あぁ、もう大丈夫です」

侯爵は見つかったのだろうか。言葉の意味をどう捉えるべきか考えるラナの前に手が差し伸べられた。

「少し先で馬を待たせてあります。皆が心配していますから急いで戻りましょう」

心配？　こんなに迷惑を掛けたのだから、腹を立てているの間違いではないだろうか。ラナの手を待つものを見つめていると、ヴォルトの身体がぐっと寄ってきた。伸ばされた腕は洞と身体の隙間に差し込まれ、腰を抱くとそのまま引き抜かれる。勢いが強かったのか、ラナは前のめりに洞から飛び出した。

顔がぶつかる！　と身構えた身体はすかさず受け止められる。尻餅をついたヴォルトに乗り上げる形になり、慌てて退こうと傾いだ身体はきつく抱きしめられた。

「本当に、よかった………」

ぐっしょりと濡れた騎士服越しに激しい鼓動が、そしてラナの頭を引き寄せる手から震えが伝わってくる。

「約束を破って……ごめ、んな……さい」

「いいえ。あれは私の判断ミスです。ラナを共に連れていくべきでした」

「でもっ……せめて、貴方が戻ってくるのを待てばよかった」

どうしてあの時はそんな簡単な判断すら出来なかったのか、自分でもよくわからない。生垣の抜け道の存在を思い出した途端に我を失ったのは、少なからず過去の出来事を思い出したからだろう。自分では消化していたつもりだったが、実際にはこの洞の中にすべてが置き去りにされたままだった。

「侯爵の行動は誰にも予測ができませんでした。それに、ラナがすぐ動いてくれたからこそ夫人の脱走は食い止められたのです。気に病む必要はありません」

低く、優しい声が取り残された恐怖をゆっくりと溶かしてくれる。溢れそうになる涙を必死で堪えていると、ラナの身体はすっぽりとマントに包み込まれた。

「決して落としたりしませんので安心してください」

「えぇ……」

ラナを横抱きにしたヴォルトは足早に獣道を歩き出す。時折大きく揺れるもののしっかり抱えられているのでまったく不安にはならなかった。間もなく少し拓けた場所に出ると、木に繋がれた馬がこちらをじっと見つめている。ヴォルトはその背にラナを横乗りさせると後ろへと素早く跨った。

「私に寄り掛かってください。その方が安定します」

「わかったわ……」

ラナが素直に従うと間もなく馬が動き出す。真っ暗で地面が見えないにも拘わらず、ヴォルトが操る手綱に従って軽快に進んでいく。鬱蒼《うつそう》とした茂みをいくつか通り抜けると木々の間から松明と思しき炎が揺らめいているのが見えた。

「団長！　陛下がお戻りになりました！」

捜索拠点で指揮を執っていた騎士団長が、マントに包まったラナを見つけるなり駆け寄ってくる。いつも綺麗に撫でつけられている髪が乱れているのも構わず、馬から抱き下ろされた国王の前に跪いた。

「よくぞ、ご無事で…………！」

「皆に心配をかけました」

「いいえ。こうしてお顔を拝見できただけで十分でございます」

捜索に出ている者を呼び戻すよう指示が飛び、待機していた騎士達が散らばっていく。

皆一様に濡れそぼっているというのにその顔はやけに明るい。ヴォルトは伝令係に風呂の用意と医者の待機を命じ、再びラナを抱え上げた。

「ヴォルト、わたくしなら大丈夫。歩けるわ」

誰もが慌ただしく動き回る中、国王ともあろうラナが抱かれたまま運ばれるのはなんだか気恥ずかしい。馬車へと向かいながらラナが小さな声で抗議した。

「私を安心させるためだと思ってください」

「安心って……」

どういう意味かを問う前に馬車へと着いてしまった。扉が大きく開かれ、身を屈めたヴォルトはラナを抱えたまま中に入る。そこでもベンチに直接座らされることはなく、夫の膝の上に着地した。

「攫われたと聞いてから見つかるまで、生きた心地がしませんでした。だから今、貴女が間違いなく腕の中にいるのを実感したいのです」

ラナを見下ろす瞳は懇願に揺れ、額に貼り付いた髪を退かす指先は未だに小さな震えを残している。自分の軽率さがどれだけこの人を苦しめたのだろう。申し訳なさでいっぱいになったラナの頬が温かなものに撫でられた。

「……痛みますか？」

「少しだけ。でも、大丈夫よ」

生垣に押し込まれた時に付いた傷が、身体が温まるにつれてまた痛みだしたようだ。顔を庇った腕の方がもっと酷い有様になっているだろう。痕が残らないといいのだが。

馬車は西門をくぐると王宮の裏手へ回っていく。正面エントランスを使わないのはずぶ濡れのラナを気遣ってのことだろう。居住区域に最も近い通用口へと横付けされると、そこには国王の護衛を任されていた騎士団の小隊長が控えていた。

「陛下、我々が付いていながらこのような事態となりまして、お詫びのしようもございません……！」

命令だったとはいえ、彼は責任を感じているのだろう。どんな罰でも甘んじて受けると言わんばかりの様子にラナはゆるりと首を振った。

「貴方は不測の事態にも素早く対応した。褒めこそすれ、責める点はどこにもないわ」

「ですが……！」

「陛下がこのように仰っている以上、反論は不要だ」

ヴォルトの言葉に小隊長がぐっと言葉を詰まらせる。深々と騎士の礼を取ったまま動かなくなった彼の前を足早にすり抜けた。

「ありがとう」

ラナの騎士が強引に話を切り上げてくれなければ、彼はしつこく食い下がってきただろう。ヴォルトを見上げると、視界の先で唇が引き結ばれた。

「……陛下が赦したので私も従ったまでです。本来なら国外追放を言い渡してもいいくらいですが」

「それはさすがに重すぎるわ」

「いいえ、妥当かと」

ラナが赦したとはいえ、騎士団長からの戒告程度はあるだろう。だが、ヴォルトは降格でも解雇でもなく、重罪人と同等の罰を考えていたなんて。冗談にしては笑えないと思っているうちに国王の私室へ到着した。

「殿下……お帰りなさいませ」

フィリニを筆頭に侍女達が勢ぞろいして出迎えてくれる。誰もが目を潤ませているのに気付き、またもや胸が締め付けられた。

「心配を掛けてごめんなさい」

「陛下のお身体を清めたい。入浴の準備はできているか」

「はい、いつでもお入りいただけます」

ヴォルトは無言で頷くとそのまま浴室へと向かっていく。後に続こうとした侍女達の方を振り返り、傷薬と包帯の用意を命じた。

「世話は私がする。出てくるまでは誰も立ち入るな」

「しょ……承知いたしました」

フィリニ達は驚きながらも頭を下げている。だが、ヴォルトの発言に誰よりも驚いたのは他でもないラナだった。闇で眠りに落ちた後に身体を拭いてもらったことはあるけれど、入浴の世話だなんて。

皆の戸惑いを完全に無視したヴォルトによって、ラナはさっさと浴室へと続く扉の向こうへ連れていかれた。

「もしどこか痛むようなら教えてください」

「ヴォルト……あ、のっ……」

椅子に座らされたラナの前に屈みこみ、ヴォルトは手際よくドレスの編み上げ紐を解いていく。慌ててその手を押さえると怪訝そうな顔をされてしまった。

「どうされましたか」

「わたくしなら一人でも入浴できるわ。だから、貴方も着替えてきて」

修道院では元王族といえど、身の回りのことはすべて自分でやらなければならなかった。今でもワンピースなら一人で着ているし、入浴の時も侍女に頼むのは洗髪だけ。だから大丈夫だと伝えたつもりなのだが、ドレスを脱がす手は止まらなかった。

「このままではヴォルトも風邪をひいてしまうわ。だから……」

「でしたら、ご一緒してもよろしいでしょうか」

「えっ……？」

肌に貼り付いていた布の集合体から解放されるなり、とんでもない提案がされてしまった。下着や靴下もあっという間に脱がされた身体が薬湯へと沈められる。冷え切っていた身体が急に温められたせいでじんじんと痺れるような感覚に包まれた。

「湯温はいかがですか」

「大丈夫よ。あの、一緒に……って」

濡れた前髪を無造作にかき上げるとヴォルトは一度扉へ向かい、控えている侍女に自分の服を用意するように伝えている。許可した覚えはないが一緒に入浴するのは決定事項らしい。騎士服のボタンを外しながら湯船に浸かるラナの所へ戻ってきた。

「私はお傍を離れたくない。だけどラナは私に着替えてほしい。両方叶える方法は一つではないですか」

ヴォルトは平然と言い放つとベルトの留め具を外した。この後に起こる事を考えてラナは咄嗟に目を逸らし、俯いたまま揺れる湯をひたすら見つめる。重さのある布の音が響き、背後に人の気配を感じた。

「失礼します」

膝を抱えながら慌てて前に移動すると、空けた場所にヴォルトが入ってきた。水位が急に上がってお湯が溢れ出る。清涼感のある湯気に包まれた浴室で、ラナは生まれて初めて誰かと同じ湯船に浸かっていた。

「ラナ、こちらへ」

縮こまらせていた身体が後ろへと引き寄せられる。既に温まっていたラナとは違い、背中が触れたヴォルトの身体は冷え冷えとしていた。

「腕を見せてください」

膝を抱えていた手を持ち上げられる。顔を庇ったせいで数は多いが、どれも浅い傷で済んだらしい。右腕をたしかめるヴォルトの手が怪我しているのに気付き、思わず左手を添えてしまった。

「これはどうしたの？」

手の甲側の指の付け根部分が全体的に赤く腫れ上がっている。ずっと手袋を外さなかったのはこれが理由だろうか。

「お恥ずかしながら、転びそうになった時にぶつけてしまいました」

答えるまで一瞬間があったのは、騎士として失態を知られるのが恥ずかしかったからだろう。いつも冷静さを失わないヴォルトが足を取られるとは。怪我をしてまで必死に探し回ってくれたのだと思うと胸が苦しくなる。

「……早めに治療してね」

「はい。約束します。ところで、ラナも右肩が少し腫れているようですが、痛みますか？」

侯爵の手を振り払う時に無理をしてしまった。指摘された途端、ずきずきとした痛みが急に襲ってきた。

「少し。でも、動かせないほどじゃないわ」

「わかりました。ですが、念のために薬を塗りましょう」

全身を隈なく検分し終えると、ヴォルトはラナの腰に手を回して抱きしめた。湯の中でぴたりと肌が密着し、夫の引き締まった身体を嫌でも意識してしまう。顔が熱いのは温まってきたせいにして、ラナはずっと胸に引っ掛かったままの疑問を吐き出した。

「侯爵は、見つかったのよね？」

「はい。頭から血を流した状態で倒れていたそうです。おそらく木の根に足を取られて転倒した際、岩にぶつけたのでしょう」

「怪我の状態は酷いの？」

「発見された時には意識はなく、医者の見立てでは戻る確率も限りなく低いそうです」

国王を誘拐した彼は間違いなく重罪人だが、そんな状態で刑を科すのは不可能だろう。国外退去と入国禁止が妥当かもしれない。ようやく止まっていた思考が回り出し、ついつい ラナはあれこれと質問してしまった。

「侯爵夫人と侍従は？」

「重罪人の家族と召使いは例外なく収監の対象です」

訪問団の大半はマクルモア侯爵家の者だったので、きっと地下牢は賑やかな事になっているだろう。牢の番をしている兵士が参ってしまう前に片を付けなくては。

しかし、この一連の事件をサルダナ側にどう伝えるべきだろうか。下手をすれば、スカラファリアが訪問団の代表を暴行したと言い掛かりをつけられるかもしれない。急ぎ対策を検討しなくては。

「ひゃっ……」

風呂から上がったら執務に戻ろうと考えたラナの首筋に唇が押し当てられた。小さく飛び上がるとぱしゃりと水面が揺れる。それと同時に腰を抱く腕に力が籠められた。

「宰相殿がすべて引き受けてくれるそうです。だからラナはなにも心配せず、今日はゆっくり休んでください」

「だけど、元はと言えばわたくしが強引に進めた話だもの。宰相に任せるのは申し訳ない

わ」

「宰相殿はとても張り切っていましたよ。なにせ相手が相手ですから」

ラナの父と友人関係だった宰相にとって、サルダナとヴァネッサは因縁の相手でもある。

この件を大いに活用してサルダナ王家と友人の元妻に仕返しするつもりなのだろう。

復讐からはなにも生まれない、などと綺麗事を言うつもりはない。ただ、宰相自身が復讐心に囚われてしまう事態だけは避けたかった。

ラナが懸念を口にすればヴォルトが注意する、と約束してくれた。

それなら大丈夫だろう。ほっとした途端、急に身体が重く感じられる。

「ラナ、このまま眠ってもいいですよ」

「ん……だい、じょうぶ……」

口ではそう言いながらも、油断するとすぐに瞼が落ちてしまいそうだ。湯船から上がり、半分寝たまま柔らかなタオルで身体を拭われる。バスローブを着た時にはほとんど意識はなく、抱き上げられたラナはそっと安楽椅子に座らされた。

「侍女達を呼びます。傷の手当てと髪を乾かしましょう」

「わか、ったわ……」

また後で、と囁いた唇が額に押し当てられた瞬間、ラナの意識は眠りの海へと沈んでいった。

◇◆◇

翌日の昼下がり、国王一行の姿は地下牢にあった。

雨は朝方には止み、今は澄みきった晴天だというのにこの場所に陽の光はほとんど届かない。石壁に囲まれた陰気な場所は時間の感覚を狂わせるのか、この時間になっても牢の中で眠り込んでいる者も少なくなかった。

「こちらでございます」

騎士団長の先導によって到着した先は他の牢よりも広く、寝具も比較的良いものが置かれている。ラナが鉄格子の前に立つと、ベッドに蹲っていた黒髪の女性がむくりと起き上がった。

「ラナ……！　母親をこんな場所に放り込むなんて、なにを考えているの⁉　今すぐ出しなさい‼」

発見された庭園から直接連れてこられたのか、未だにヴァネッサはマクルモア家の侍女服を着ている。濃い化粧も剝げかけ、血走った目で睨みつけてくる様は狂気に満ちていて、その気迫に見張っていた兵士がびくりと身を震わせた。

両手で格子を摑み、今にも嚙みつかんばかりの母親を前にしてもラナにまったく動揺した様子はない。怒りに燃えた眼差しから目を逸らすことなく、まっすぐに見つめ返していた。

「わたくしはスカラファリアの国王です。侯爵夫人に名を呼び捨てにされる謂《いわ》れはありません」

「なっ……」

表情を一切変えることなく冷ややかに言い放たれ、ヴァネッサが呆気に取られる。しかしこの程度で引き下がる相手ではない。すぐに立ち直り、再びラナへと鋭い眼差しを向けてきた。

「身分なんて関係ないでしょう⁉　あたしはあんたの……」

「わたくしに母親はおりません。あぁ、産んだ女性はこの世界のどこかにはいるようですが」

ヴァネッサはあくまでもラナを産んだだけの存在に過ぎない。その後は乳母に一切を押し付けて育児にはまったく関わろうとせず、義務は果たしたとばかりに遊び回っていた。そんな人間を母親とは認めないし名乗る資格もない。

唯一であり最大の切り札を封じられた元王太子妃は唇をぶるぶると震わせている。それを静かに見つめるラナの背中には、隣に立つ男の手が添えられていた。

ヴァネッサと話がしたい——目覚めたラナがそう告げた時、ヴォルトはずっと表情を硬くした。

　彼女は重罪人であるマクルモア侯爵の妻であり、スカラファァリア国王に危害を加えようとしただけでなく王宮の施設を破壊したのだ。どうせ今日中には国外追放する。そんな人間にわざわざ会う必要はないと説得されたが、どうしてもと譲らなかった。

　彼女に温情を与えるつもりはない。あくまでもラナが自分自身と決着をつける為だと説得し、この場が持たれた。

　まだ右肩は腫れていて、両腕には念のために包帯が巻かれている。しかも左足首が軽く捻挫をしているのが医師の診察によって判明していた。頬にある傷は化粧で隠れる程度だったのが不幸中の幸いだろう。地下へと続く長い階段は相当な負担となったが、それでもこの顔を見られたのだから苦労した甲斐があったと言えた。

「とはいえ、貴女がかつてスカラファァリアの王太子妃であったのは事実です。輿入れした際の持参金と宝飾品を返却いたします」

　持参金は国庫からではなく、かつてのエルメリック公爵家の財産から拠出する。宝飾品は残されていたリストを元に宝物庫から取り出す準備が進められていた。

「但し、貴女の名をスカラファァリア王家の系譜から抹消するのが条件です。いかがでしょうか」

「それだけのことで取り返せるなら喜んで消えるわよ。むしろこっちから頼みたいくらいだわ！」

　娘から切り捨てられたというのに、ヴァネッサは未だに強気の姿勢を崩さない。ここにきてラナはようやくにっこりと微笑んだ。

「えぇ、わたくしも同じ意見です。父の病気は非常に残念でしたが、貴女に王妃を名乗らせずに済んだのは幸いだと思っていますから」

「な、ん……ですって⁉」

　国王とその配偶者だけはどんな理由であれ系譜から抹消ができない。それに、いくら父が有能であってもこんなに自分勝手な王妃では評価が落ちる一方だっただろう。

　これでラナは後世に「母親不明の国王」として語り継がれる。だが、数々の嘘が発覚した今、ラナにはもう一片の未練も残っていない。むしろ汚点を残しておく方が危険だと判断し、スカラファリアの歴史からヴァネッサの存在そのものを消すと決断した。

「ヴァネッサ・マクルモア侯爵夫人。サルダナまでの道中が無事であることをお祈り申し上げます」

　訪問団は人目を避ける意味で夜中に発つ予定だという。もう二度と顔を合わせる日が訪れない「自分を産んだ女性」に微笑みかけると、ラナは用が済んだとばかりに踵を返した。

「この親不孝者……！　あんたなんて産むんじゃなかった‼」

　ヴァネッサは金切り声を上げ、ありとあらゆる暴言を吐いている。

だが、スカラファァリアの女王は一度も振り返ることなく、地下牢から姿を消した。

◇◆◇

サルダナ訪問団一行が発ってから三日後、伝令兵がスカラファァリアの王宮へと大急ぎで駆け込んできた。

「サルダナ訪問団がアルコバ公国の山中で土砂崩れに巻き込まれたとのことです」

友好国であるアルコバが事態を把握し、こちらへ伝えてくれたらしい。宰相からの報告に執務中の国王は手を止め、続きを促した。

「被害は馬車列の中ほどが最も酷く、マクルモア侯爵、そして侯爵夫人をそれぞれ乗せた馬車が行方不明……だそうです」

「その他に被害は？」

「侯爵夫婦以外の訪問団、および侍従達は無事な模様です」

侯爵は意識が戻っておらず、寝かせたまま移動できる馬車を進呈した。ヴァネッサはそれに同乗を拒否し、返却した宝飾品と持参金を抱えて別の馬車に乗ったと聞いている。

「被害状況がすべて確認できたら、お悔やみの書状を出しておいて」

「承知いたしました」

土砂崩れに巻き込まれたのであれば生存は絶望的だろう。だが、ラナはまったく動揺する様子もなく淡々と指示を出し、再び手にした書類へと視線を戻した。

終　章　孤高の百合

「鉄鉱石と石炭……こちらの二品目につきましては、基本額の七割にて輸入が可能となりました。こちらの条約は十年間有効です」

　外交を担当する大臣からサルダナと新たに締結した条約の詳細が発表されると、議会がざわりと大きく揺れた。かの国の鉱山から採掘される資源は品質が良く、これほど破格の条件は友好国であっても実現しないのだから無理もない。

　国交は復活させず、あくまであちらからの産出品を買い取るのみ。逆にスカラファァリアの主な輸出品である香水は、王女の嫁ぎ先であるラモルテ皇国を経由してのみ許可してあるのだ。

　これほどまでの好条件——いや、もはや戦勝国と敗戦国の間に結ばれた条約のような取引を締結するに至ったのには、当然ながら国王の生母が引き起こした出来事が大きく影響していた。

　ヴァネッサが帰国途中に事故に遭った件について、案の定サルダナ国王から責任を問う書状が届いた。だが、事故はスカラファリア国内ではなく、隣国の山中で起こったのだ。

　しかも関所では、数日前の豪雨で地盤が緩んでいるから迂回するように警告されていたにも拘わらず、ヴァネッサが最短距離での移動を命じた。この件はアルコバ公国だけでなく生き残ったマクルモア侯爵家の侍従や訪問団の面々も同様の証言をしている。

　渋々といった様子で矛を収めたサルダナへ、今度はこちらから訪問団代表のしでかした事件についての責任を追及した。予想通り、勝手に侯爵がやったことだとは言い逃れしてきたが、彼を代表にした責任はサルダナ国王にある。必要であれば密書だけでなく、持参金と宝飾品を返却した際にヴァネッサへサインを書かせた受取証も公開する、と告げると急に慌てだしたと特使が笑いながら語っていた。

　話し合いの結果、マクルモア侯爵がスカラファリア国王を連れ去った件を公表しない見返りとして、このような破格の内容で条約が締結された。

「石炭の安定供給が実現しますと、温室の拡大が見込めますな」

「ええ、そうすればより多くの植物が栽培できるだけでなく、新しい品種の試験栽培の方法に頭を悩ませずに済みそうです！」

　皆が盛り上がる様子を玉座に納まった国王が静かに眺めている。とん、と細い指がテーブルを叩いた途端、ざわめきがぴたりと収まった。

「新規に輸入する石炭の割り振りについて、まず皆の意見をまとめたい。増量を希望する施設は必要量と用途を宰相へ申請するように」

スカラファリアの現議会は公正を常としている。派閥によって対応を変えない国王の方針により、これまで反発の多かった保守派の態度も軟化しつつあった。

「それでは、定例会議はこれにて閉会といたします」

宰相が宣言すると同時に議場にいた者が一斉に立ち上がる。皆が深々と頭を垂れる中、ラナが出口に向かって歩き出した。

花冠をモチーフとして作られたティアラを戴き、金糸で縁取りされた深紅のマントを纏ったスカラファリアの国王は、先日二十一歳の誕生日を迎えたばかり。

幼い頃より厳しい教育を受け、修道院送りとなってからも勉学に励んだ彼女は政治や文化だけでなく、歴史や産業、はたまた地学といった分野にまで精通している。かつては宰相補として見事な手腕を発揮していた若き女王は、宰相をはじめとした大臣からの信頼も厚かった。

臣下と共に女王を支えるのは、辺境伯であるキーショア家の次男。女王の夫となるべくして生まれた彼もまた、勉強や社交だけでなく、妻を護る剣としての教育を受けてきた。

女王は王族や貴族の中で唯一、男性のエスコートを必要としない。真っ直ぐ前を向いて姿勢よく歩く王の後ろを補佐役である王配の地位におり、専属の騎士でもある夫が付き従う姿はさながら影のようだった。

ラナが明るい茶色の髪を揺らして歩いた場所には、女王の為に特別に調合された香りが漂う。瑞々しく爽やかな中にほんの少しスパイシーな気配が見え隠れするのは、彼女の凜とした姿と妥協を赦さない厳しい一面を表している。最後に感じるほのかな甘さは、百合をベースにして作られているからだ。

その香りを嗅いだ者は、まるで百合の花束を抱えているような気分になる。香水の生産地として有名なスカラファリアが高い調香技術を発揮して作り上げた香りには、それを纏う女王の名が付けられていた。

＊＊＊＊＊

今日もまた昼過ぎから夕方までの長丁場だったので、議会の定例会を終えたラナは王族専用の区画にある私室へと直行した。次々と出される議題について報告を受け、大臣をはじめとした担当者からの意見や調査結果を聞き、最終的な判断を下す。

一瞬たりとも気の抜けない時間が続いたというのに、出ていった時と変わらぬ姿で歩みを進めるラナへ、周囲からは畏怖にも似た眼差しが向けられていた。

「本日も大変お疲れさまでした」

目的の部屋に到着すると、ヴォルトはラナを姿見の前にある椅子へと導く。真っ直ぐ伸ばされた背からマントを外し、腕に掛けると今度はティアラを取り去った。それらを控えていたフィリニに渡すと、いつものように一礼して部屋から去っていく。

「こちらで休憩いたしましょう」

再びラナの手を取ると今度はソファーへと案内した。そこにはラナの好きな茶葉で淹れた紅茶と、美味しいと言った焼き菓子が並んでいる。これらは疲れ果てて帰ってくる女王を少しでも元気付ける為、侍女達がタイミングを見計らって用意してくれた。

ラナの前にティーカップをソーサーごと移動させてから、ヴォルトもまた正装用の長いマントを外す。ついでに襟を緩めながら振り返ると、テーブルに置かれた紅茶は未だ手つかずのままだった。

「ラナ、せっかくの紅茶が冷めてしまいますよ」

ヴォルトが促してもなおティーカップが動かされる気配はない。伸ばされるはずの手は持ち主の膝の上にあり、左右を組んで握りしめられていた。軽く俯いているせいで長い髪が横顔を隠して表情は窺い知れない。傍らに膝をついて覗き込むと、薄く開かれた唇から浅く短い呼吸の音が漏れ聞こえた。

「どうされましたか」

手袋を外し、きつく組まれた両手を優しく包み込む。そこから伝わってくる震えが徐々に大きくなってくるのを感じ、ヴォルトは女王に優しく語りかける。

「会議、が……全然上手く、進められなかった……」

「私の憶えている限り、今回決めるべき事項はすべて満場一致で採決されていますよ」

「それは、あくまで表面上だけよ。内心では皆、反対していたに違いないわ」

唇を戦慄かせ、声を詰まらせて語るラナの背中が丸まっていく。その不安に歪んだ顔は、先ほどまで二まわり以上年の離れた大臣と対等に議論していた女王のものとはとても思えなかった。

「どうして、そう思われるのですか？」

傍から見ても震えがわかるようになった手をやんわりと握りしめる。ここで否定すると頑なになるのは知っている。ヴォルトは怯えに染まった瞳を見上げ、穏やかに微笑みながら理由を問うた。

「ダノーフェン川の灌漑《かんがい》設備の建て直しを提案したら……レミアム伯爵が鼻で笑っていたわ。それに、ノルド侯爵、が……前を通る時に、わざとらしく咳払いをした」

幼い頃からの訓練の賜物か、それとも必要に迫られて身に付いたのかはわからないが、ラナには非常に優れた観察力がある。残念ながらヴォルトには、彼らがどんな仕草をしていたのかはっきりとした記憶は残っていない。

だが、ここで掛けるべき言葉にそんなものは必要なかった。

「レミアム伯爵は鼻で笑ったのではなく、斬新な提案に感心していたのです。ノルド侯爵は肺を患っていると聞いています。きっと息が苦しくて咳払いしたのでしょう」

だから心配しなくていい、と諭すように伝えたというのに、掌から伝わってくる震えが収まる気配はない。ヴォルトは手を握ったままゆっくり立ち上がり、ソファーに並んで座った。

因縁の相手でもあるサルダナ王国からの訪問団が帰国して早三ヶ月。何かしらの思惑があるに違いないと警戒はしていたものの、彼らの目的は想像を遥かに上回るものだった。

十年ぶりに顔を合わせる事になったラナの生母は、いずれスカラファリアを乗っ取るつもりだったのだろう。産んだだけでほったらかしにしていた娘が国王になった途端、実は大事に思っていたと和解を申し出てきた。

残念ながら娘を意のままに操る作戦は失敗に終わり、度を越した浪費癖のせいで膨らんだ借金を返済する見込みを失った。そこでお気に入りの侍従と共に脱走を図ろうとしたが、それもまた他でもない自分の娘の機転によって失敗したのだ。

追いつめられたヴァネッサはラナをありとあらゆる汚い言葉で罵った。その中には存在そのものを否定するような内容も含まれていたが、国王となった彼女は毅然とした態度を崩さず、最後には「自分に母親はいない」とまで宣言した。

ヴァネッサと顔を合わせた当初は弱腰で、周囲はとても気を揉んでいた。だがそれは相手を油断させて真の目的を突き止める為の演技だった——というのがもっぱらの噂だ。

一度は指導者としての能力を疑問視する声が少なくなかったが、今ではむしろ想像以上の策士だと囁かれていた。

そんな賞賛とは裏腹に、あの出来事はラナの心に暗い影を落としている。それを知っている唯一の存在は、絞り出すように吐露される不安を和らげる為にこれまで以上に傍へと寄り添っていた。

生母が放った呪詛によって、決して高くなかったラナの自己肯定感は地の底まで突き落とされている。普段の執務はなんとかこなせているものの、大勢の前に出る時は数日前から食欲を失って眠りがひどく浅くなる。そして当日は朝から震えが止まらず、終わってからはこうやって被害妄想に近い考えに囚われてしまうのだ。

ヴァネッサにぶつけられた言葉を無意識に思い出すのか、夢の中でうなされている時もある。

こんな事になるくらいなら——早々に消すべきだった。

見かねて揺り起こせば、はらはらと涙を流しながら「なんでもないわ」とぎこちなく微笑む。心配させまいと気丈に振る舞う姿を見る度、ヴォルトは激しい後悔に襲われた。

サルダナ側から接触があった際、ヴァネッサが訪問団代表の妻だというのは判明していた。警戒をしていたものの、リストに入っていなかった人物が紛れ込んでいたのは予想外過ぎた。

ラナは戸惑いながらも、母と再会して思うところがあったのだろう。あまり口出しせず成り行きを見守っていたら、最悪の事態が起こってしまった。

あれだけ酷い言葉を投げつけられてもなお、ラナは彼女を捕らえて強制帰国させたことを悔いていた。あの日、あの場所を通らなければ事故は防げたかもしれないと呟いた時、ヴォルトは公式には発表されていない事実を打ち明けた。

ヴァネッサの駆け落ち相手だった侍従は端《はな》から共に生きようとは考えていなかった。王宮を脱出した後にとある港町へと向かい、そこでヴァネッサを奴隷商に売り飛ばす計画を立てていたのだ。

ロブという整った顔の侍従を身体検査した際、王宮を脱出したらすぐに送るつもりだったのか、上着のポケットから奴隷商宛の手紙が出てきた。「買い取ってもらいたいものがあるので、近日中にそちらへ持って行く」という趣旨が書かれていたと報告を受け、ヴォルトはロブに動機を尋ねたのだ。

彼にはよく似た顔立ちと髪色をした姉がいた。踊りの名手だったロブの姉はとある宴に招待され、美しい容姿を妬んだヴァネッサによって頭から熱湯を掛けられた。一命は取り留めたものの、重度の火傷によって髪を失い全身の皮膚が爛れてしまった。もう二度と舞えないと絶望した彼女は動けるようになるとすぐに滝壺に身を投げ、帰らぬ人となった。ロブは仕事を辞め、名を変えてマクルモア侯爵家に潜入した。そして夫人のお気に入りになると復讐の機会を窺っていたらしい。

つまり、ラナが発見しなければヴァネッサは奴隷に身を落とし、死ぬよりも辛い生活を送っていたかもしれない。だからある意味、貴女は彼女を救ったのですよ、と。

この話を知っているのはヴォルトと騎士団長だけ。売られそうになった張本人すら知らないと告げると、ラナは少しほっとした表情を浮かべていた。

この打ち明け話は罪の意識を随分と軽くしたが、傷ついた心を完全に癒すには至っていない。ヴォルトは最後まで自分勝手だったラナの生母を内心で罵りながら、表面上は努めて優しい夫を演じる。

「ラナ……おいで」

穏やかな声で呼びかけた瞬間、ラナが腕の中に飛び込んできた。どうやら今日は待たせすぎたらしい。縋りついてきた身体は嗚咽《おえつ》を漏らして震えていた。ヴォルトはしっかり抱きしめると「大丈夫ですよ」と言い聞かせるように繰り返し囁く。その顔には演技ではない、満足げな微笑みが浮かんでいた。

「ヴォル、ト……」

不安げに見上げてくる瞳からぽろりと透明な雫が零れ落ち、薄く開かれた唇がなにを欲しているかは尋ねなくてもわかる。名を呼ばれた男はゆっくり身を屈め、与えられるのを待ちわびている場所へと柔らかなキスを落とした。

「やっ……も、っと……し、て……！」

「貴女が望むなら、喜んで」

軽く触れさせてすぐに離すと首の後ろに手が回される。引き寄せようとしてくる左手の力を感じ、笑みを深めた唇を今度は強めに押し当てた。

同じことは繰り返させまいと更に距離を縮めてきた身体を抱え、ヴォルトはソファーから立ち上がる。国王夫妻の寝室は既にカーテンが引かれ、ベッドサイドには火を小さめに絞ったランプが置かれていた。

「あっ……ぅ」

キスに没頭するラナの身体を仰向けに寝かせ、舌を絡ませ合いながら服越しに胸を揉みしだく。直に触れている時よりも指に力を入れるとようやく高い声で啼いた。いくらドレスの上からとはいえ、ここまで強くしたら痛いはず。だが、ラナは嫌がるどころかむしろ身をくねらせて悦んでいた。

「ラナ、直接触ってもいいですか？」

「うっ……ん…………っ」

ただ呻いただけのようにも聞こえるが構わず留め具を外していく。ドレスを上半身だけ脱がせ、コルセットを強引に引き下げるとふるりと柔らかそうな双丘が姿を現した。

「あ、ん……っ」

不安を快楽で塗り替えたいのか、この時のラナは恥ずかしがる素振りがない。硬く立ち上がった先端を舐《ねぶ》る様を、頬を朱に染めながらも目を逸らさず見つめげていた。

ヴォルトは視線を合わせたまま今度は同じ場所に歯を立てる。甘噛みよりも強めの刺激に揺れた身体を押さえ、いつもより多く所有の徴を次々と刻んでいく。

「ふっ、う……ヴォル、ト……あああ………っ！」

綺麗な所作で書類を繰る指が銀の髪をかき混ぜる。もっと付けろといわんばかりにぐっと頭を引き寄せられ、望みどおりに鳩尾へもう一つ赤い花弁を咲かせた。

「そろそろ、中に入らせていただきますね」

「えっ、待っ、て……」

ヴォルトはそう宣言するなり妻の身体をうつ伏せにする。戸惑っているのも構わずに腰を引き上げて膝を立てさせた。足首まで隠れるスカートを捲り上げ、秘部を覆う小さな布だけを取り払うと、しとどに濡れた肉唇が空虚を埋めるものを欲して震えている。

ベルトを外し、前を寛げると細腰を掴み——ひと息に突き入れた。

「きゃっ……ああああ——ッッ!!」

ヴォルトの形を知る隘路が一気に拓かれ、凄まじい強さで肉杭が締め付けられる。奥歯を噛んで耐えるヴォルトの目には振り乱されたラナの髪が映っていた。

いつも綺麗に整えられているものが与えた刺激と共にシーツの上で躍っている。夫だけが見ることのできる光景を淫靡な笑みを浮かべて堪能し、隘路の更に奥を目指すべく腰を引き寄せた。

「ラナ、こちらを向いてください」

容赦なく最奥を抉りながらラナの耳元で囁く。お願いの形を取っているものの命令に近いそれを頭の中に流し込まれ、小刻みに揺さぶられながら必死で振り返ろうとしていた。

「あうっ……！　やっ……もっと、ゆっくり……し、て」

「善処いたします」

そう言いつつも律動は緩めない。後ろから貫かれたまま、なんとかこちらに向けられた唇を容赦なく奪う。口内から引きずり出した舌先をきつく吸い上げると、ヴォルトを締め付ける強さがより増した。

「はっ、あっ……んんっ…………ふぁあッ!!」

「ラナっ……！」

ぱん！　と肉同士がぶつかる音が国王夫妻の閨に響く。一度は起き上がったはずの身体が再びシーツに沈み、その背に覆い被さったヴォルトがは……と息を零した。

ベッドに突っ伏したラナは今にも眠ってしまいそうな顔をしている。ヴォルトは汗で頬に貼り付いた髪を退かしてあげると、その場所にちゅっと音を立ててキスをした。

「どうぞ、このまま眠ってください」

「ん……ごめん、ね………」

「謝らないでください。私はラナの伴侶になる為に生まれてきたのですから」

閉じかけた眦にじわりと涙が浮かぶ。零れる前に唇を押し当てて吸い取ると、安心したように眠りの世界へと旅立っていった。

まだ痙攣を残す肉壺から分身を引き抜き、結合を解くと可愛らしい声が上がる。注いだ白濁がドレスを汚さないよう丁寧に拭うと、ようやくラナの身体から邪魔なものを取り払った。

自分も一糸纏わぬ姿になり、そっと抱き寄せて早くも腫れている瞼に優しく唇を落とす。ラナの進む道にはこれからも多くの苦難が待ち受けている。それを先回りして取り除くのがヴォルトに課せられた使命だ。

ラナ曰く「自分を産んだ女性」もこのまま生かしておけば、いずれまたラナの障害になるだろうと判断し、この世から退場してもらった。

先日、アルコバ公国の公主直属兵から土砂に埋もれた宝石箱を回収したという報せが入った。これらは秘密裏に処分され、得た利益は友好国の国庫へと納められる。

当然ながらラナはこの事実を知らないし、これからも伝えるつもりはない。

「貴女に降りかかる火の粉は……私がすべて払います」

寡黙な騎士の誓いを聞いていたのは、静かに燃えるランプの炎だけだった。

◇◆◇

即位してそろそろ一年になるある日、ラナの姿は王宮にほど近い森の中にあった。

地面のあちこちから岩や木の根が飛び出し、とても歩きやすいとは言い難い。そんな足元が悪い状況にも拘わらず、ヴォルトが手綱を握る馬の歩みは穏やかだった。

「ご気分はいかがですか」

「平気よ、ありがとう」

森に行きたいと言った時にヴォルトが表情を曇らせたのは、嫌な出来事を思い出すのではないかと心配したのだろう。王宮を出る直前まで本当に行くのかと確認され、馬に乗って移動をはじめてもなお、しきりに調子を尋ねてきた。

ヴォルトが心配する気持ちもわかるし、時間のやりくりや騎士の手配などで迷惑をかけていることも自覚している。だが、森の整備が決定してしまった以上、最後にもう一度だけ行っておきたいという気持ちが抑えられなかった。

雨が降る、もしくは降りそうな場合には中止すると言われていたが、今日は朝から暖かな日差しが降り注いでいる。馬上で夫に身を預けたラナは上を向き、枝葉の間から落ちてくる木漏れ日に目を細めた。

森を大規模に整備すると決めたのは警備上の問題だけではない。

先王が即位した頃から趣味で狩猟する者はめっきり少なくなり、彼らもまた郊外の広い狩場を好んで利用しているらしい。

そんな半ば放置されている状態なのであれば、新たな香水を開発するための試験栽培に使いたい――という要望が出るのは当然の流れだった。

「間もなく着きますよ」

「そういえば、ヴォルトは道を憶えているのよね」

「はい。よく祖父に連れてこられておりましたので、ほとんどの配置は把握しています」

ラナがこの森に入るのはこれで三回目。

過去の二回は無我夢中だったので、あの大きな洞のある樹がどのあたりにあるのかまったくわからなかった。だが、落ち着いて周囲を見渡してみると、所々の樹の幹に染料を使って目印が描かれているではないか。

いくら薄暗く、雨が降っていたとしてもこんなに目立つものを見落としていたとは。焦燥がいかに視野を狭くするかを実感していると、鬱蒼と茂る木々の間に覚えのある光景を見つけた。

「こちらで少しお待ちください」

ヴォルトは素早く馬を下り、今度はラナを抱き下ろした。すぐ傍にある樹の枝に馬を繋いでから足早に戻ってくる。

「では、参りましょう」

「えぇ」

差し伸べられた手に同じものを重ねると、きゅっと強めに握られた。普段はエスコートを必要としないせいか、未だに夫と手を繋ぐ時は少し緊張してしまう。徐々に乱れはじめた鼓動が伝わっていないことを祈りつつ、ラナは慎重に歩みを進める。

森へ入る際、スカラファァリアの王が転んで怪我でもしたら一大事だと「絶対に一人で歩かない」と約束させられている。もし破ったらすぐに連れて帰ります、と告げたヴォルトの目は真剣そのもので、とても冗談を言っているようには見えなかった。

ここまで来て即帰還させられるのは勘弁してほしい。ラナもまた指先に力を入れて夫の手を摑み、目的地である樹の前に立った。

「…………こんな形をしていたのね」

右手をヴォルトと繋いだまま、左手でそっと幹に触れる。

かつてラナが身を隠した老木は幹の太さに反して背が低かった。もっと巨大な樹木を想像していたのだが、こんな大きな空洞があったら重さに負けて倒れていたに違いない。

ぽっかりと空いた穴の内側はどれくらいの広さなのだろうか。ラナが身を屈めて洞の中を覗きこむと、頭が入る寸前でやんわりと引き戻されてしまった。

「身を乗り出したら危ないです」

「これくらいは平気よ」

「いけません。なにかあってからでは遅いのですから」

ヴォルトが心配性なのは今にはじまったことではない。だが先週、ラナの身に起こった変化が判明したことによって、その度合いが大幅に加速していた。

仕方がないとはいえ、危険を知らない幼子のように接してくるのはどうにかならないだろうか。腕を引く力に少し抵抗してみると、今度は腰にするりと腕が巻き付けられた。

「ラナ、これ以上は駄目です。もう一人の身体ではないのですよ」

「……わかったわ」

それを言われてしまうと従うしかない。渋々といった様子で立ち上がると、ヴォルトがほっとした笑みを浮かべた。

ラナの身体に新しい命が宿っていると判明したのはつい先週のこと。

元から月の障りは不順だったが三ヶ月も来ていない。さすがに心配になり、王宮付きの医師の診察を受けて妊娠が発覚した。

多忙ゆえに体調が安定せず、しばらく妊娠は見込めないだろうという予想を見事に覆され、ラナは医師の言葉に呆然としていた。

そんな中、夫であり女王専属の騎士であるヴォルトだけはひたすら冷静だった。

まずラナの受診を知る者へ緘口令《かんこうれい》を敷くとごく近しい者だけを招集し、妊娠の事実を告げた。そしてすぐさま公務の調整がなされ、公式発表は在位一周年を祝う場にすることが決められた。

いつもは女王の陰に隠れているが、ヴォルトもまた国王の代理を務める者としての教育を受けているのだ。素早く状況を把握し、必要な手筈を整えていく姿を眺めながら、ラナが公務を休んだとしても国政が滞る心配はないだろうと判断した。

安心するべきだというのになぜか気分がすっきりとしない。きっと出産に対する不安が湧いてきたのだろう。無理やり自分を納得させたものの、その理由は夜になって判明した。

予定外の会議を慌ただしくこなし、二人が寝室で顔を合わせたのは深夜と呼べる時間になってからだった。

未だに戸惑いが抜けきらないラナが窓の外を眺めていると、ヴォルトが後ろからふんわりと抱きしめてくる。温かな手がまだ平らかな腹の上に置かれた途端、心臓がどくんと大きな音を立てた。

「ここに、私とラナの子がいるのですね」

「そう、ね……」

「とても……嬉しいです」

いつもの低く落ち着いた声が微かに震えている。喜びを隠しきれない様子が背中から伝わってきた瞬間、目の奥から熱いものがこみ上げてくる。

縁にせり上がってきた涙を瞬きで散らし、腹に添えられた手に同じものを重ねる。静かに深呼吸をして動揺を抑えると、恐る恐る唇を開いた。

「わたくし、が、母親になっても……いいのかしら」

ラナには「産んだ女性」がいるだけ。母親はおらず、乳母もまた一人の子供ではなく次期国王として接してきたので、母子の触れ合いのようなものを経験したことがなかった。そんな自分に子供を産み、育てる資格があるのだろうか。執務中とは打って変わり、取り留めなく不安を吐露するのをヴォルトは黙って耳を傾けてくれた。

「母親からの愛情は子供の人格形成には必要不可欠だと聞いたわ。だけどわたくしは、どうやって愛してあげればいいのかわからない……」

実の娘をまったく顧みないヴァネッサを非難する時、女官や乳母がそう言っていた。だからラナは、自分には大事な部分が欠けているという考えが拭いきれていない。

生まれてくる子は性別に関係なくスカラファァリアの王位継承者として育てられる。妊娠が判明した今、同じ苦労をさせてしまうのではないかという不安でいっぱいだった。

「ラナ、貴女だけが子供の人生を背負う必要はありません」

「でも……」

「どうか私にも、共に背負わせてください」

すべてを一人で抱え込まなくていいのだとヴォルトが告げる。静かに、だが言い聞かせるように告げられた途端、ぼろぼろと涙が溢れて止まらなくなった。

「今から会える日が楽しみです」

声を殺し、肩を震わせながら泣き続けるラナを頼もしい腕がしっかりと抱えていた。


「そろそろ戻りましょう」

「わかったわ」

この樹を見るのは今日で最後となる。名残惜しいが、国王は森の中でのんびり過ごせるほど暇ではなかった。

「きっと、貴方はもう入れないでしょうね」

「ええ、残念ながら」

洞の入口はラナの身体がギリギリ通るくらいの幅しかない。すっかり成長したヴォルトが入ろうとしても、確実に肩が引っかかってしまうだろう。

チャレンジする姿を想像したラナがくすくすと笑いだす。誇り高きスカラファァリア王国の女王は、普段は決して笑い声を上げたりしない。夫の前だけで見せる気楽な姿に、ヴォルトは紫の目をとろりと細めて満足そうに微笑んだ。

在位一周年の式典がいよいよ十日後に迫っている。

スカラファリア王国に新たな王位継承者が生まれることに、民はどんな反応をするのだろう。当初は不安ばかりが先に立っていた。だが、先王であるオルセーの喜びようは想像以上で、早くも名前の候補に頭を悩ませていると聞いている。

――きっと大丈夫。

ラナの足りない部分はヴォルトや、他の皆が埋めてくれるだろう。そう考えるだけで胸を押し潰されそうになる感覚がようやく軽くなった気がした。

「ラナ、愛してます」

王宮へと戻る道すがら、ヴォルトが前触れもなく囁く。不意打ちを食らったラナは頬を染めながら「わたくしもよ」と小さな声で返した。

この顔の赤みは陽射しで暑くなったせいにしよう。

緩んだ口元を引き締め直すと、王宮へと続く門をくぐり抜けた。

＊＊＊＊＊

スカラファァリア王国の歴史で四人目となる女性国王、ラナの人生は波乱に満ちていた。父を幼い頃に失くし、系譜から抹消された母を持つ彼女は一度王籍を抜けている。だが十年後に復帰し、国王へと即位するなり数々の功績を残した。

齢《よわい》二十歳で即位した若き女王は、気品溢れる凛とした佇まいから「スカラファァリアの百合」と称えられ、その後百年続いた黄金時代の礎《いしずえ》を築いたとされている。

二男二女の子宝に恵まれ、盟約によって結ばれた夫婦でありながら、王配であり専属の騎士でもあった夫は女王を献身的に支え続けた、と多くの歴史書に記されていた。

END

あとがき

お初の方は初めまして。そうでない方はお久しぶりです。蘇我空木《そがうつき》です。

この度は『執愛の騎士は孤高の百合を甘く手折る』をお手に取っていただき、誠にありがとうございます。

ティアラ文庫さんでの初単行本というだけで緊張しているのですが、それに加えて「ディープシリーズ」での刊行ということで、とんでもなくドキドキしております。

ラブコメ率の高いわたくしですので、あらすじなどをお読みいただいた皆さんは「蘇我どうした!?」と心配されたかもしれません。ですが大丈夫です。元々はこういうお話は大好物なのですがいかんせん筆力が足りず、書くのをずっと躊躇っていただけです。

とはいえ、いざ挑戦してみたものの苦労の連続でした……。

無謀だったかなーと後悔した回数はもはや数えきれません。それでもなんとか書き上げられたのはもはや執念です。

とはいえ、今作のヒーローであるヴォルトの執念に比べたら些細なものでしょう。(※今、すごく自然な流れで話を持っていけたと満足しています)

そんな彼の秘めたる熱情など露知らず、むしろ嫌われていると思い込んでいた「元」次期女王であるラナは突然迫られてさぞかし困惑したに違いありません。

気が付いた時には外堀を埋められ、戸惑いながらも前に進もうと決めるのは相当な勇気が必要だったことでしょう。それを陰ながら支える寡黙な騎士の深い愛情を感じていただけましたら嬉しいです。

そして、イラストを担当してくださったすみ先生には本当に、本当に深く御礼申し上げます。実はカバーイラストのラフを拝見した時、最初はどういうシーンなのか理解できず、しばし眺めてから「あ、えっ、絵⁉」と声が出たのを今でも憶えています。

ＴＬらしからぬ、ヒーローとヒロインが直接くっついていない構図ではありますが、お読みになった皆さんなら納得していただけるのはないかと！　ちなみに私自身はめちゃくちゃ気に入っております。だってヴォルトなら本当にやってそうなんですもの。

ではまた、どこかでお会いできる日を楽しみにしております。

二〇二四年　芒種　　蘇我空木

ティアラ文庫をお買いあげいただき、ありがとうございます。
この作品を読んでのご意見・ご感想をお待ちしております。

◆ファンレターの宛先◆

〒102-0072　東京都千代田区飯田橋3-3-1
プランタン出版　ティアラ文庫編集部気付
蘇我空木先生係／すみ先生係

ティアラ文庫Webサイト
https://tiara.l-ecrin.jp/

執愛《しゅうあい》の騎士《きし》は孤高《ここう》の百合《ゆり》を甘《あま》く手折《たお》る

著　者――蘇我空木（そが うつき）
挿　絵――すみ
発　行――プランタン出版
発　売――フランス書院
〒102-0072　東京都千代田区飯田橋3-3-1
電話（営業）03-5226-5744
（編集）03-5226-5742
印　刷――誠宏印刷
製　本――若林製本工場

ISBN978-4-8296-6028-7 C0193

Opal Label オパール文庫

好評発売中!

Op8402